FLEH' MICH AN

JESSA JAMES

Fleh' mich an
Copyright © 2018 von Jessa James

Alle Rechte vorbehalten Kein Teil dieses Buches darf in irgendeiner Form oder mit irgendwelchen Mitteln, elektronisch, digital oder mechanisch, reproduziert oder übertragen werden, einschließlich, aber nicht beschränkt auf das Fotokopieren, Aufzeichnen, Scannen oder mithilfe eines Datenspeicher- und Datensuchsystems, ohne dass eine ausdrückliche, schriftliche Genehmigung des Autors/der Autorin gegeben ist.

Veröffentlicht von Jessa James
James, Jessa

Fleh' mich an

Copyright des Coverdesigns 2018 von Jessa James, Autor
Bilder/Quelle: Deposit Photos: konradbak

1

„Warum sind wir hier Aiden? Das hier ist die Hütte unserer Familie, in der wir viel mit Mama und Papa erlebt haben. Es ist kein Ort für Geschäfte." erklärte sie, während sie im Türrahmen stand. Sie hatte sich zurecht gemacht, um eine Runde schwimmen zu gehen.

Ihr Stiefbruder warf ihr einen bösen Blick zu, während er ins Foyer der Multi-Millionen Dollar Hütte trat. „Ich möchte es dir nicht wieder erklären müssen, Reagan. Du weißt verdammt gut, warum wir hier sind. Das hier ist das größte Geschäft meines verdammten Lebens, unseres Lebens, und ich muss es besiegeln. Du wirst verdammt nochmal deinen Teil spielen... ohne Fragen zu stellen! Verstehst du?"

Sie blickte auf den Fußboden, um seinen verärgerten Blick zu meiden. Sie hasste es, wie ein Gegenstand in den Geschäften ihres Bruders gehandelt zu werden. Sie wurde wie ein Gebrauchsgut benutzt, aber am Ende spielte sie doch immer mit. Sie ging ins Wohnzimmer, in dem die Fenster vom Fußboden bis zur Decke reichten und schaute nach draußen auf den schönen See.

Es war eigentlich nicht typisch für Reagan Kade, den Geschäftspartnern ihres großen Bruders hinterher zu lüstern. Für ihren Bruder war es tatsächlich so, dass seine Geschäftspartner ihr hinterher lüstern sollten, während er sie zum Unterzeichnen seiner Deals trieb. Es war eine Partnerschaft zwischen den beiden, die erst vor einem Jahr begonnen hatte.

„Regel Nummer Eins: Zeig, was du hast, Reagan", würde ihr Burder sagen. „Was du hast" bedeutete ihr Aussehen und ihr Körper. Und davon hatte sie genug. Üppige Kurven und pralle Brüste, die nicht nur Männerblicke, sondern auch die Blicke von anderen Frauen anzogen. Sie konnte mit ihrem makellosen und atemberaubenden Aussehen problemlos als Laufsteg-Model durchgehen. Wenn die Geschäftspartner ihres Bruders damit beschäftigt waren, ihre hübschen Titten zu beäugeln, verloren sie immer die Konzentration auf das Geschäftliche. Aber am Anfang war es nicht so gewesen. Aiden hatte immer verlangt, dass sie bei Geschäftsangelegenheiten anwesend war, aber als es ihr zu viel wurde, hatte Reagan deutlich werden lassen, dass sie nicht weiter sein Spielzeug spielen würde. Jedenfalls war das so bis zu der Nacht, in der er ihr ein Ultimatum stellte. Entweder war es so, dass sie die Ablenkung war, oder sie wurde aus dem Familiengeschäft, das er jetzt kontrollierte, ausgegrenzt. Das war insgesamt eine einfache Entscheidung und es machte nichts und niemanden kaputt, solange es keinen körperlichen Kontakt gab. Leider hatte sie keine Wahl.

Aber dieses Wochenende war es anders. Normalerweise würden sie in der Familien-Villa in La Jolla in Kalifornien bleiben, aber als Aiden ihr erklärte, dass sie zu Lake Tahoe in die Familien-Hütte fliegen würden, kam Misstrauen auf. Die Hütte war kein Ort für Geschäftsverhandlungen. Es war ein Ort für Familienerinnerungen. Aber Lucas Ferris war gekommen, um das Wochenende mit ihnen zu verbringen und Geschäfte zu besprechen, also stimmte Reagan zu, die Gastgeberin zu spielen. Ihr Bruder Aiden hatte auch ein riesiges Getue um ihre Garderobe gemacht und bestimmte Outfits ausgewählt, die sie für das Wochenende tragen sollte. Das war absolut nicht die Norm.

Sie argumentierte aber nicht. Als ihre Mutter, Carey, erneut geheiratet hatte, war sie nur zehn Jahre alt und Reagan liebte ihre neue Familie, besonders ihren großen Bruder, der zwölf Jahre älter war. Aiden und ihr neuer Stiefvater, Sean, hatten sie von Anfang an wie einen Teil der Familie behandelt, aber als beide in einem Autounfall vor achtzehn Monaten ums Leben kamen, war Reagan am Boden zerstört und verängstigt. Sie hatte bereits ihren biologischen Vater verloren, als sie noch klein war und nun hatte sie nur noch ihren älteren Stiefbruder, der sich um sie sorgte. Finanziell gesehen stellte das kein Problem dar, weil Aiden das Multi-Millionen Dollar schwere Landentwicklungsunternehmen seines Vaters übernahm. Reagans größte Angst war es, allein und ohne Familie zu enden. Sie schwor sich hoch und heilig, dass das nicht geschehen würde.

Als sie am Morgen zu Herrn Ferris hinübergesehen hatte, bemerkte sie, dass er nicht wie die anderen Geschäftsleute war, die ihr Bruder normalerweise zu sich nach Hause eingeladen hatte. Seine üblichen Geschäftspartner waren ältere, bierbäuchige und dem Sterben nahe – oder mindestens mit einem Fuß im Grab – Männer, aber Ferris sah nicht mal aus wie dreißig. Okay, möglicherweise war er fünfunddreißig. Sie hatte ihn einige Male zuvor in ihrem Haus in

Kalifornien getroffen. Er war extrem fit und muskulös und hatte glänzendes, schwarzes Haar, das gerade lang genug war, dass man seine Hände hindurch gleiten lassen konnte. Er sah so aus, als wäre er fast zwei Meter groß und hatte einen sündhaften, intensiven „Sex-am-Stiel"-Blick. Gutaussehend reichte nicht aus, um sein Aussehen zu beschreiben. Er hatte gebräunte Haut und verruchte, tiefstehende Augen, die wie dunkle, blaue Kugeln wirkten.

Sie fand es merkwürdig, dass er nicht so aussah, als wäre er überhaupt für das Geschäftliche gekommen und wer zum Teufel bringt einen Leibwächter mit? Der Kerl sah wie ein riesiger Gorilla aus, der draußen, um Himmels Willen, Wache stand. Sie hatte ihn beobachtet, seit sie angekommen waren und weder er noch ihr Bruder hatten über ein Geschäft gesprochen oder einen Fetzen Papier betrachtet. Aber sie ignorierte es einfach.

Der schöne Tag wurde zur Nacht und sie bemerkte, dass dieser Herr Ferris scheinbar auch sie beobachtete. Manchmal kam es ihr so vor, als ob er sie mit seinen Augen verschlang und sie sich nicht helfen konnte. Als sie sich zum Nachsehen einmal umdrehte, bemerkte sie, dass er sich nicht bemühte, die Tatsache, dass er sie beobachtete, zu verstecken. Er betrachtete jeden Zentimeter von ihr. Es war wie ein teuflisches Grinsen, das an seinen Lippen zog und er nickte ihr geringfügig zu. Reagan fand es schmeichelhaft, aber gleichzeitig störend und merkwürdig.

Nach einem späten Abendessen gingen sie in das Wohnzimmer und ihr Bruder und Herr Ferris saßen da und plauschten, während Reagan ihnen hinter dem Tresen noch eine

Runde Getränke mixte. Sie warf den beiden Männern immer wieder Blicke zu und gab vor, im Spielmodus zu sein. In Wirklichkeit war sie aber sehr erschöpft und wollte nur ins Bett gehen. Sie gab den Männern ihre Getränke und ging zu einem Barhocker zurück, um Herrn Ferris' Körper zu bewundern, als er aufstand und sich streckte. Ihre Augen wanderten von seinen breiten Schultern zu seinem kräftigen Nacken. Als ihre Augen weiter hoch zu seinem Gesicht wanderten und er ihren Blick erwiderte, war sie geschockt, wie intensiv seine Augen waren. Er sah wie ein Tier aus, das bereit war, sein Opfer anzugreifen. Aber dann, eine Sekunde später, war der Blick weg, als ob er nie da gewesen war und wurde von einem aufrichtigen Lächeln ersetzt. Es ließ Reagans Herz rasen und sie fühlte sich plötzlich unglaublich unwohl.

Reagan drehte sich auf ihrem Hocker, um den Blickkontakt zu meiden. Was zum Teufel war mit ihr los? Sie war daran gewöhnt, von Männern angestarrt zu werden, aber dieser Blick, Lucas' Blick war anders. Fast räuberisch und es erschrak sie. Sie war noch Jungfrau und wurde letzte Woche erst neunzehn. Sie war nicht sehr mit sexuellen Gefühlen vertraut. Oh, es hatte schon einige Jungen an der Uni gegeben, mit denen sie ausgegangen war, aber sie wusste, dass sie sie entweder nur ihr Geld oder ihren Körper wollten. Sie würde ihre Jungfräulichkeit ganz bestimmt nicht an irgendeinen Jungen aus einer Studentenverbindung verlieren, der keine Ahnung hatte, was er tat. Nein! Sie wollte sich für den richtigen Mann aufheben. Ein Mann, der sie nur für das wollte, was sie war und nicht mehr. Sie wollte, dass ihr erstes Mal besonders war. Es sollte eine Nacht werden, an die sie sich für den Rest ihres Lebens erinnern würde. Das war nicht zu viel verlangt, dachte sie.

Einige Minuten gingen vorbei und während sie zu ihrem Bruder und dem Gast blickte, musste sie gähnen. Sie konnte nicht anders und entschuldigte sich sofort, als sie merkte, dass sie von beiden angeblickt wurde.

Aiden lächelte und sagte: „Es war ein langer Tag, Schwesterchen. Warum gehst du nicht ins Bett und wir sehen dich dann am Morgen."

„Bist du sicher?" fragte sie, zog die Augenbraue hoch und trat vom Hocker weg. Sie sah zu, wie Lucas aufstand. „Aiden hat Recht. Geh schlafen. Wir tauschen bloß langweilige Scherze aus. Morgen ist ein neuer Tag." sagte er, und blinzelte ihr gerissen zu.

Sie drehte sich, um die große Zederntreppe hochzugehen, stoppte, wandte sich ihnen zu und lächelte. „Gute Nacht. Ich sehe euch beide morgen zum Frühstück." Während sie wegging, hörte sie Herrn Ferris sagen: „Schlaf gut."

Oben angekommen ging sie den Gang zu ihrem Zimmer hinunter. Sie schloss die Tür und zog ihre Kleidung aus. Sie streifte sich nur ein T-Shirt über und behielt ihren Slip an. Nachdem sie die meiste Zeit des Tages mit Schwimmen und in der Sonne verbracht hatte, war sie nun äußerst erschöpft. Nur noch zwei Tage und das alles würde vorbei sein, dachte sie sich. Sie stieg ins Bett, deckte sich über die Hüfte hinweg mit dem Bettlaken zu und schlief tief und fest ein.

2

Lucas machte sich um etwa zwei Uhr dreißig am Morgen auf den Weg die Treppe hoch und ging den Gang hinunter. Dabei trug er eine kleine Tasche über seiner linken Schulter. Als er an Reagans Zimmer ankam, drehte er sich seinem Leibwächter, der über ihm schwebte, zu und flüsterte. „Keiner kommt rein."

„Ja, der Herr", sagte Frankie, der seinem Boss zunickte.

Lucas öffnete leise Reagans Zimmertür und schlich sich langsam durch die Tür, die er hinter sich schloss. Er schaute sich um. Der Mondschein schien durch das Fenster und gab ihm genug Licht, um zu sehen und sich ungehindert bewegen zu können.

Er trat an den Rand des Bettes und das Licht, das durchs Fenster schien, strahlte Reagans schöne Figur auf dem Bett an. Er konnte sehen, dass sie tief und fest schlief und er wollte sie nicht aufwecken. Noch nicht. Sie lag auf der rechten Seite des riesigen Himmelbettes. Ihre Arme waren über das Kopfkissen ausgestreckt. Er betrachtete ihren üppigen Körper, der unter dem dünnen Laken verborgen war. Ihre glänzenden, langen, rotblonden Haare waren über dem Kissen aufgefächert. Er spürte, wie sein Schwanz hart wurde, als er sich vorstellte, wie es sich anfühlen würde, wenn er ihr Haar mit seinen Fäusten ergriff.

Er benetzte seine Lippen in voller Erwartung. Noch nicht, sagte er zu sich.

Er öffnete die kleine Tasche, die er über der Schulter getragen hatte und nahm spezielle Halterungen heraus, die er an jedem der vier Bettpfosten anbrachte. Jedes weiche Gehäuse bestand aus einer Einheit, die es ihm erlaubte, den Bewegungsumfang seiner Gefangenen zu kontrollieren, indem die Stärke des Durchhangs im Kabel erhöht oder verringert wird. Ein teuflisches Grinsen machte sich in seinem Gesicht breit, während er vorsichtig das dünne Laken, das ihren Körper und ihre Beine bedeckte, wegzog. Sie gab keinen Ton von sich und bewegte sich nicht. Sie schlief immer noch tief und fest. Er drehte seinen Kopf zu jeder Ecke an der Decke, wo Aiden kleine Kameras angebracht hatte, die mit dem bloßen Auge kaum zu sehen waren. Die Kameras erfassten das Bett und das gesamte Zimmer.

Er zog seinen seidenen Bademantel fest, und näherte sich der Bettkante. Seine Augen wanderten an ihren langen Beinen hoch bis zu der bestimmten Stelle zwischen ihren Schenkeln. Sein Blick verweilte auf ihrer Pussy, die nur mit einem rosafarbenen Höschen bedeckt war.

Verdammt, wie hübsch sie ist, dachte er bei sich. Sein Blick wanderte weiter über ihren flachen Bauch zu ihrem engen T-Shirt. Ihre Nippel unter dem dünnen Stoff waren von der Kälte, die in der Luft lag, hart. Ihre vollen Lippen, die cremige Haut und die dunklen schwarzen Wimpern brachten seinen Schwanz dazu, sich unter seinem Bademantel bemerkbar zu machen. Er wollte keine Sekunde länger warten, er bewegte sich schnell und legte die biegsamen Gummibänder an ihren Handgelenken und Knöcheln an. Dann streckte er sich, um mit seinem Daumen über ihre harten Nippel zu streichen. Er nahm eine Brust komplett in seine Handfläche, drückte sie leicht zusammen und rieb an der harten Spitze. Seine Augen wanderten zu ihrem Gesicht, als sie bei seiner Berührung ein leichtes Stöhnen in ihrem Schlaf von sich gab.

Er verlor die Kontrolle und drückte die Brust fest zusammen. Sie leckte ihre Lippen und stöhnte wieder. Er lehnte sich über sie und ließ seine Hand an der Innenseite Ihres Schenkels entlangwandern, sodass sein Daumen und seine Finger ihre Pussy leicht durch den Stoff hindurch berührten.

„Mmm..." Sie bewegte sich ein wenig. Lucas spürte, wie sich seine Lust anstaute und das Blut bei dem Anblick, den er vor sich hatte und den

Gedanken an das, was er vorhatte, nach unten in seinen Schwanz schoss. Er legte seine Hände an ihre Arme und ergriff ihre Handgelenke. Sein Gesicht war nur einige Zentimeter von ihr entfernt, als er flüsterte: „Reagan, wach auf!" Er ließ seine Finger noch einmal über den Stoff auf ihrer Pussy gleiten und sie bewegte sich. „Wach auf, Reagan", flüsterte er wieder.

Er sah dabei zu, wie sie langsam die Augen aufmachte und sich an die Dunkelheit gewöhnte. Sie riss die Augen auf und konzentrierte sich dann voll und ganz auf ihn. Ihre Augen waren wie große, runde Haselnüsse und von Furcht und Verwirrung erfüllt.

„Was zum Teu—" sagte sie.

Reagan stand unter Schock. Als ihr Gehirn schließlich begriff, was zum Teufel vor sich ging, rastete sie komplett aus. Ferris trug nur einen seidenen Bademantel und als sie versuchte, sich aufzurichten, stellte sie fest, dass sie ans Bett gefesselt war. Sie geriet in Panik, als sie bemerkte, dass der Bastard sie gefesselt hatte! Sie wehrte sich erfolglos gegen die Fesseln und schrie. „AIDEN! HILFE! Hilf mir bitte, Aiden!"

Ferris legte eine Hand über ihren Mund und brachte sie zum Schweigen. „Schhh", knurrte er. „Niemand wird dich retten, Reagan." Sie starrte zu ihm hoch und alles, was sie sah, waren boshafte Edelsteine. Es war kein Mitleid in seinen dunkelblauen Augen zu erkennen. Keine Schuld oder Sympathie. Reagan glaubte ihm nicht, während sie ihn anblitzte und darauf wartete, dass ihr Bruder auf ihren Schrei reagierte. Es wurde still. Niemand kam und die Minuten verstrichen, während sich ihre Blicke miteinander verbunden hatten.

„Reagan, du musst nicht schreien." Er nahm langsam seine Hand von ihrem Mund und lächelte.

„Was zum Teufel machst du da? Warum bin ich gefesselt?" keifte sie.

Er senkte seinen Kopf ungläubig und berührte ihren Nacken, als er antwortete: „Ich befürchte, dass du Teil des Geschäfts von diesem Wochenende geworden bist." Er leckte und knabberte an Ihrem Ohrläppchen. Sie keuchte und versuchte nochmals gegen die Fesseln anzukämpfen. „Aiden ließ das Geschäft sehr ansprechend wirken, sodass ich es nicht ablehnen konnte."

Lucas bewegte sich und legte seine

Hände wieder auf ihre Brüste und knetete sie durch ihr T-Shirt.

„Nimm deine verdammten Hände von mir!" Sie verengte die Augen und zeigte ihren Hass, „Nur weil du ein Geschäft mit meinem Bruder machst, heißt das nicht, dass du mich anfassen darfst!"

Ein teuflisches Grinsen zog an seinen Lippen. „Oh, da liegst du aber falsch, Reagan. Du bist der wichtigste Teil des Geschäfts. Scheiße, du schmeckst so gut", knurrte er. Sein Atem blies heiß gegen ihren Nacken. „Wie Vanille."

Reagan streckte sich und drehte ihren Körper in dem Versuch, diesen Bastard von ihr abzubringen, aber es war erfolglos. Es brachte ihn nur zum Lachen. „Du bist verrückt. Mein Bruder würde das nie tun."

Ferris hob seinen Kopf an, starrte zu

ihr herunter und hob eine Augenbraue an. „Bist du dir da sicher? Ich übernehme das Geschäft deines Bruders, Reagan, und ein Teil dieses Abkommens warst du, ob's dir gefällt oder nicht."

„Du bist verdammt nochmal verrückt!" keifte sie durch ihre Zähne. Er rollte ihre Nippel zwischen seinen Fingern, während er ein tiefes Lachen herausließ. „Da kennst du deinen Stiefbruder aber nicht. Ich versichere dir, dass es so ist und so auch im Kleingedruckten im Anhang des Vertrags steht, den er heute Abend unterzeichnet hat. Er hat dich an mich verkauft."

„Fick dich! Du lügst. AIDEN!" schrie sie, „Was hast du ihm angetan?"

Ferris lachte wieder und stand auf, schüttelte seinen Kopf und öffnete die Schlafzimmertür. Als sie ihren Kopf drehte und ihren Bruder sah, der einfach nur dastand, erstarrte sie. Es war, als ob das Blut in ihrem Körper erfror. Ihr Gehirn wollte nicht funktionieren oder versuchen, sich der Wirklichkeit dessen, was geschah, anzupassen. *Das hier kann nicht wirklich passieren. Nein! Er war alles, was sie noch hatte. Wie konnte er das nur tun?*

„Aiden?" Verwirrung zeigte sich in Reagans Ausdruck.

„Tu, was er sagt, Reagan", sagte ihr Bruder kalt und gefühllos. Es war wie ein eisiger Dolch, der sich durch ihr Herz bohrte.

„Aiden? Nein! Das kannst du nicht machen! Bitte, dass kannst du nicht ernst meinen?" Sie spürte, wie eine erste Träne ihre Wange herunterkullerte, als sie in die eisigen Augen ihres Bruders schaute. „Du bist alles, was ich noch habe, Aiden. Bitte, tu mir das nicht an. Bitte." flehte sie.

Lucas schüttelte seinen Kopf und führte ihren Bruder bestimmt zurück auf den Flur. Sie konnte hören, wie sie miteinander sprachen. Sie flüsterten und sie konnte nicht verstehen, was sie sagten. Dass muss ein verdammter Alptraum sein. Wie konnte er ihr das nur antun? Sie liebte ihn, war ihm gegenüber immer loyal gewesen. Fuck!

3

Lucas schloss die Tür hinter sich und kam zurück ins Zimmer. Das dunkle Raubtier stürzte sich auf sie und sie konnte den gierigen Hunger in seinen dunkelblauen Augen sehen.

„Dein Bruder hat noch eine Million extra aus mir raus gehandelt, in dem er mir versichert hat, dass du noch Jungfrau bist. Das war ein Überraschungsbonus und ich war einverstanden, diesen Bonus zu zahlen."

Er ließ seinen Blick über ihren Körper schweifen. Ihr wurde von Kopf bis Fuß heiß und Furcht ergriff sie, weil sie keine Ahnung hatte, was mit ihr geschehen würde.

„Wenn du mich kennen würdest, Reagan, würdest du wissen, dass es zwei Sachen gibt, an denen ich mich selbst übertreffe. Zwei sehr wichtige Dinge, die mich antreiben. Geschäfte und Sex. Dieses Geschäft erlaubt mir, beidem nachzukommen." sagte er mit einem neckischen Grinsen.

Ferris kletterte neben ihr aufs Bett und legte seine Hand auf ihren Bauch. Er kreiste leicht um ihren Bauchnabel. „Ich werde dir nicht wehtun, Reagan, aber ich werde dich ganz bestimmt haben. Ob es dir gefällt oder nicht. Nichts, was du sagst, wird mich aufhalten. Nichts, was du tust, wird etwas daran ändern. Ich werde dich ficken. Sehr bald… und sehr heftig."

Sie war sprachlos. Sie versuchte, etwas zu sagen und sie konnte spüren, wie ihr Herzschlag immer schneller wurde und durch ihre Brust zu schlagen schien. Sie konnte nur ruhig dabei zusehen, wie er seine Hand unter den Bund ihres Höschens steckte und einen langen, dicken Finger durch den kleinen Streifen ihrer Schamhaare schob. Als seine Finger die Feuchtigkeit erreichten, die zwischen ihren Schamlippen langsam entstanden war, schauderte sie. Gleichzeitig erfüllte die Lust ihren Körper und das trotz ihrer Ablehnung der Tatsache gegenüber, dass sie Todesangst hatte.

Seine blauen Augen flackerten wild und wieder zog ein Grinsen an seinen Mundwinkeln seiner vollen Lippen, als er spürte wie feucht sie war. „So schön feucht. Das wird das das Ganze noch einfacher für dich machen."

Lucas zog ihr Shirt hoch und entblößte so ihre festen Brüste. Er lehnte sich vor und nahm einen Nippel in seinen heißen und feuchten Mund. Während er daran sog, tastete er ihre Pussy weiter mit seinem Finger ab und rieb ihre eigene Erregung auf ihrer Haut ein. Er schob seinen Finger weiter in sie, um ihre Jungfräulichkeit zu bestätigen.

Und er war zufrieden, als er die Barriere fühlen konnte. Reagan hielt den Atem an, als sie bemerkte, dass ihr seine Berührungen gefielen. Sie fühlte sich schmutzig und sie wandte und warf sich zu seiner Überraschung gegen ihn.

„Fass mich nicht an, du kranker Arsch!" schrie sie, „Das darfst du nicht!"

Sein Lächeln verwandelte sich ein in ein fieses Grinsen. „Oh, ich darf, Reagan und ich werde."

„Wenn das hier vorbei ist, wirst du den Rest deines erbärmlichen Lebens im Knast verbringen. Du musst recht verzweifelt sein, Frauen kaufen zu müssen, um gefickt zu werden."

In dem Moment riss sie die Augen auf und atmete tief ein, als sie ihm dabei zusah, wie er auf sie stieg. Er ergriff einige Kissen und schob sie unter ihren Kopf. Dabei ging sein Bademantel leicht auf und sie konnte einen Blick auf seinen steinharten Schwanz werfen. So nah an ihrem Gesicht, schien er fast unmöglich groß.

„Das wird dich ruhigstellen!" knurrte er und rückte noch ein wenig näher an ihr Gesicht.

Sie sah angsterfüllt aus, als er näherkam. „Willst du mich damit ersticken?" stammelte sie mit weit aufgerissenen Augen.

Er grinste und warf seinen Gürtel beiseite. „Oh, nein. Nicht mit meinem Gürtel." knurrte er. Dabei hielt er ihren Blick gefangen und bewegte sich weiter nach oben, bis sein Schwanz nur noch wenige Zentimeter von ihrem Gesicht weg war. Ihr Herz setzte bei den Worten einen Schlag aus. Seine Augen waren wie Flüsse der Leidenschaft, die sie den Strom hinuntertrieben und drohte, sie zu ersticken. Sie atmete schnell und tief ein und atmete aus, als ob sie kurz davorstand, zu hyperventilieren.

„Bitte nicht." schrie sie. Sie konnte die Tränen spüren, die ihre Wangen herunterkullerten. „Das kannst du nicht! Ich habe das noch nie getan." sagte sie und ihre Angst wurde zu Wut. Reagan riss erfolglos an ihren Fesseln.

„Es gibt für alles ein erstes Mal", versicherte er ihr, „Ich verspreche dir, dass ich dich nicht enttäuschen werde." Lucas nahm seinen harten Schwanz in seine Hand und strich mit seinem Daumen über die Spitze, während er ihn an ihre fest zusammengepressten Lippen drückte. Er strich mit dem seidigen Kopf vor und zurück über ihre Lippen, bis ein cremiger Tropfen heraustrat. Er verrieb ihn über ihren zusammengepressten Lippen, während sie voller Horror und mit trotzigem Blick zu ihm hochblickte.

„Mach auf, Reagan. Mach deinen Mund auf!"

Sie kniff die Augen zusammen und schüttelte schnell ihren Kopf. Aus lauter Ungeduld ergriff er einen Büschel ihrer Haare mit der anderen Hand und riss grob an ihrem Kopf. „Aufmachen!" brüllte er.

Die Gewalt in seiner Stimme machte ihr Angst und der stechende Schmerz an ihrer Kopfhaut brachte sie dazu, den Mund aufzumachen. In dem Moment schob er ihn in sie, geschwollen und pulsierend. Lucas atmete tief ein und gewann so seine Kontrolle zurück. Er glitt ein paar Zentimeter ein und aus, um sie daran zu gewöhnen einen heißen und harten Schwanz im Mund zu haben. Als sie zu ihm hochsah, waren ihre Augen vor Angst weit aufgerissen und er redete ihr zärtlich zu.

„Braves Mädchen. Genauso", stöhnte er, „Leck ihn, benutze deine Zunge..."

Reagan konnte es nicht. Sie konnte lediglich zu ihm hochschauen, Sie war wie benommen, weil der Mann über ihr dabei war, ihren Mund zu ficken und es nichts gab, was sie dagegen tun konnte.

Lucas hielt sich am Kopfende des Bettes fest und begann seine Hüfte hin und her zu bewegen und langsam immer tiefer und tiefer zu gehen. Sie hörte seine langen und kontrollierten Atemzüge und die feuchten Töne seines Schwanzes, die entstanden, wenn er in und aus ihrem Mund glitt. Und, oh, verdammter Gott, sie hörte ein leichtes Winseln, dass aus ihrem eigenen Rachen hochkam.

„Entspann dich, Süße", flüsterte er, „Ich gehe noch tiefer. Gott, so verdammt unglaublich!"

Reagan ballte ihre Hände zu Fäusten und spürte, wie er seinen dicken, harten Schwanz gegen ihren Rachen drückte, sie damit würgte, genau wie er es versprochen hatte. Er schloss die Augen und sie bemerkte, dass sein Gesicht leicht schwitzte.

„Oh Gott!"

Lucas atmete durch die Zähne hindurch ein. Er stellte sich einfach weiterhin den angsterfüllten Blick auf ihrem Gesicht vor, als sie bemerkte, dass er seinen Schwanz in ihren Mund schieben würde. Das Bild und das Gefühl ihrer unschuldigen Lippen, um seinen harten Schwanz trieben ihn immer weiter zum Höhepunkt. Beim siebten Schub konnte er sich nicht mehr zurückhalten und stöhnte heiser, als er sich in ihrem Mund ergoss. Er griff nach dem Kopfende des Bettes und die Lust durchströmte ihn vom Schwanz und den Hoden durch seinen ganzen Körper. Als er schließlich auf sie schaute, sah er wie sein Sperma aus ihrem Mund lief. Sein Bauch hatte auch einige Spritzer abbekommen.

„Oh, Reagan. Das war sehr gut. Sehr, sehr gut. Ich werde ihn jetzt herausziehen, aber ich will, dass du deinen Mund offenlässt." Als er seinen Schwanz aus ihrem Mund zog, kniff er seine Augen zusammen und achtetet darauf, dass sie ihm gehorchte. Sie hob ihr Kinn an und spuckte das Sperma auf seinen Bauch. Reagans Augen brannten vor Trotz.

Lucas schloss seine Augen und

schüttelte den Kopf. Er bewunderte ihr Wesen, aber zeigte es nicht. „Mach den Mund auf", wiederholte er.

Sie sah zu ihm hoch und starrte nur. Er fand ihren Nippel und drehte grob daran, bis sie aufschrie und ihm endlich gehorchte und dabei anstarrte. Er legte Hand an, um noch mehr aus seinem Schwanz zu holen und ließ es auf ihre Zunge tropfen.

„Schluck!" Er schaute auf Reagans Hals, bis sie sich im fügte. Er kniete sich hin und lockerte die Fesseln ein wenig. Reagan drehte sich weg und wischte sich ihr Gesicht auf dem Kissen ab. Dabei streckte er sich an ihrer Seite aus. Sein Schwanz war immer noch schwer vom Blut und lag auf seinem Schenkel.

„Komm und leck mich sauber. Ich habe deine Fesseln gelockert." Er zeigte auf seinen Bauch, der mit seinem weißen Sperma befleckt war.

„Nicht rebellieren, Reagan. Du willst nicht wissen, was passiert, wenn du das tust."

Ihre Augen waren voller Ekel, als sie sich über ihn beugte und die Tropfen auf seiner Haut ableckte. Mit ihrer pinken Zunge leckte sie die dicken Spritzer auf und sie spürte, wie er wieder hart wurde.

Reagan schauderte ein wenig aus Abscheu und Aufregung zugleich, da lehnte sich Lucas nach vorne und packte sie im Nacken. Er zog sie an sich und küsste sie. Er drückte seine Zunge fest an ihre Lippen, um hinein zu gelangen. Sie schmeckte noch die Schärfe seiner Wichse auf ihrer Zunge.

Ein Lächeln huschte über sein Gesicht, während er vom Bett stieg und nach seiner Tasche griff. dann verschwand er im Badezimmer, das direkt ans Schlafzimmer angrenzte.

4

Während er weg war, nutzte Reagan die Gelegenheit und versuchte, sich zu befreien. Es war mittlerweile locker genug, dass sie die Handschellen genauer betrachten konnte. Sie versuchte den Hebel nach hinten zu bewegen, aber dadurch wurde eine Seite nur gelockert und die andere fester gezogen. Verdammt nochmal!

Lucas' dunkles Lachen, das aus dem Badezimmer schallte, erschreckte sie. Sie sah ihm dabei zu, wie er aus dem Badezimmer kam und stehenblieb. Er hielt seine Hand hoch und bewegte seinen Finger hin und her. „Ts, ts, ts. Das wird nicht funktionieren. Aber das hier." Er grinste und hielt einen kleinen Schlüssel hoch. „Du gehörst mir, bis ich fertig bin."

Er ging einige Schritte in Richtung des Bettes und hielt dabei etwas in seiner Hand. Nachdem er den Gegenstand hingelegt hatte, justierte er ihre Handschellen, sodass ihre Arme ausgestreckt waren. Dann nahm er die Fußfesseln ab. Sie klemmte sofort ihre Beine fest zusammen, was ein Stirnrunzeln in seinem Gesicht auslöste. „Mach die Beine breit", forderte er mit einer weichen Stimme, aber es war offenbar ein Befehl und keine Bitte. Sie sah dabei zu, wie er den Gegenstand ergriff, den er niedergelegt hatte. Panik ergriff sie, als er auf das Bett kletterte und ihren Spitzenslip auszog und ihre jungfräuliche Pussy entblößte.

„Hmmm", stöhnte er, während er mit seinen Fingern ihre weichen Lippen öffnete, „blank wie ein Baby-Po." Reagan hatte Schamhaare immer gehasst, also rasierte sie alles bis auf einen kleinen Streifen am oberen Ende. Während er mit seinen Fingern mit ihrer Pussy spielte, versuchte sie wieder, ihre Beine zu schließen. Er sah zu ihr hoch und drückte ihre Beine auseinander. „Auseinander, Reagan."

Sie schloss ihre Augen und gab sich ihm schließlich hin. Sie ließ zu, dass ihre Beine zu den Seiten fielen und er Zugang zu ihr hatte. Sie hatte ein wenig Angst, aber war gleichzeitig aufgeregt, weil sie nicht wusste, was als nächstes passieren würde. Sie machte die Augen auf, als sie einen summenden Ton hörte. Langsam rieb er die kleine Kugel, die wie eine Patrone aussah, an ihren weichen, feuchten Schamlippen und ihrer Spalte hin und her und entfachte dabei jeden Nerv in ihrer Pussy. Sie atmete nicht einmal und atmete erst dann aus, als er sich wieder von ihr wegzog. Manchmal benutzte er seine Finger, um ihre Schamlippen auseinanderzudrücken und die Spitze des Vibrators langsam in sie zu schieben. Ein und aus und ein und aus. Die Erotik zwischen ihren Beinen ließ sie pulsieren.

„Du bist so verdammt feucht, Reagan." stellte er mit einem schiefen Lächeln fest und seine Augen flackerten dabei sündhaft. Sie spürte, wie ihr Gesicht vor Scham brannte und ihr Körper sie herausforderte. Lucas hatte sie mehr erregt als sie jemals zuvor erregt worden war und seine Dominanz und Kontrolle setzten dem Ganzen nur noch eins auf.

Er schubste ihren Schenkel ungeduldig an. „Weiter." Sie öffnete ihre Beine sogar noch weiter. Dieses Mal spürte sie, wie die kleine Patrone an ihren Hintern kam. Er ließ sie nur an der Außenseite des Muskelrings entlang gleiten, aber mit jeder Bewegung schob er sie ein wenig weiter in sie, bis sie eine Art ungezogener Kick überkam. Reagan verstand nicht, warum ihr Körper so reagierte. Um Himmels Wille! Was zur Hölle war los mit ihr, dass sie ein solcher Mann, der sie dazu zwang sein Sex-Spielzeug zu sein, so anmachte? Hatte sie total den Verstand verloren?

Lucas drehte die Geschwindigkeit des Vibrators auf und begann, nur am Eingang ihrer Pussy zu spielen. Als sich die Gefühle aufbauschten, konnte sie ein Stöhnen nicht unterdrücken. „Hmmm. Das gefällt dir, was?" fragte er und fuhr damit fort, sie weiter an den Rand des Wahnsinns zu treiben.

Er zog den Vibrator heraus, schaltete ihn aus und legte ihn auf das Bett. Ihre nackte Pussy war seidig und das helle, pinke Fleisch glitzerte in ihrem Saft.

Eine starke Gier nach ihrer unschuldigen Süße überkam ihn auf einmal und er hatte das Bedürfnis, ihre seidenen Schamlippen mit seiner Zunge berühren zu wollen. Er wollte nichts mehr als sie an seinem Gesicht zu spüren, während er sie leckte, mit ihr spielte und die berauschenden Säfte direkt aus ihrer reinen Fotze sog.

Ein tiefer Ton kam tief aus seiner Kehle, während er sich nach vorne stürzte und sein Gesicht zwischen ihren Schenkeln vergrub. Reagan erschrak vor lauter Überraschung. Er ergriff ihre Knie und drückte sie auf und zwang sie dazu, ihre Beine zu spreizen. Er leckte sie mit seiner heißen und glatten Zunge und tauchte zwischen ihren Schamlippen ab und kreiste um die sensible Klit. Reagan spürte, wie er mit seinen Lippen um ihren geschwollenen Eingang kreiste. Noch nie zuvor hatte sie jemanden so nah an ihre Pussy gelassen und die intensive Lust, die sie an ihrem Körper verspürte, während er sie wie ein hungriges Tier genoss, erschrak sie. Sie merkte, wie sie die Kontrolle verlor und sich ihre Hüften aus eigenen Stücken in die Richtung seines prächtigen Mundes bewegten. Mit jedem Zug, jedem Lecken und Saugen, spürte sie die Hitze, die sie überkam, welche aber lediglich das Bedürfnis, zum Höhepunkt kommen zu wollen, erhöhte. Reagan hatte sich zuvor tausende Male selbstbefriedigt, aber sie hatte noch nie eine solche Intensität gespürt.

Ihre Lust machte sie rasend und sie wollte nur noch ihre Pussy gegen sein Gesicht reiben, damit er sie, ohne ihn darum bitten zu müssen, zum Höhepunkt bringen würde. In diesem Moment gab es für sie nur seine Lippen und seine Zunge. Sie versuchte nicht zu stöhnen, aber ohne Erfolg. Ihr Körper verriet sie, und sie hatte keine Kontrolle mehr. Es interessierte sie jetzt aber auch nicht mehr. Sie musste erlöst werden, sie musste zum Orgasmus kommen. Oh Gott. Sie stand kurz vor dem Orgasmus!

Lucas wusste, dass Reagan im Begriff war, die Kontrolle zu verlieren und zum Orgasmus zu kommen. Er hatte sie genau beobachtet, auf jeden einzelnen Schub ihrer Hüften geachtet und die immer lauter werdenden Laute gehört. Jedes Mal, wenn er ihre Pussy an seinem Kinn pulsieren spürte, klopfte sein dicker Schwanz. Jedes Stöhnen, das ihr entkam, stichelte ihn an. Verdammt, es war erotisch! Als er sie schließlich dabei beobachtete, wie sie am Gipfel der Erregung ankam, hörte er auf und ließ sie am Rand eines heftigen Orgasmus stehen. Sie drehte sich vor lauter Frustration und zog an ihren Fesseln. Sie atmete heftig, aber er grinste sie nur mit seinem von ihren Säften glitzernden Gesicht an.

„Zum Teufel mit dir, du kranker Arsch!" schrie sie und schloss die Augen, um ihre Atmung zu beruhigen.

„Du willst mich so verdammt sehr, nicht wahr, Reagan?" sagte er und schaute auf ihre Klit, die schön geschwollen war, nachdem er seinen Mund an ihr hatte. Er berührte ihre schmollende Öffnung mit der Fingerspitze und lachte, als ihre Pussy versuchte, seinen Finger in sich zu ziehen.

„Stopp. Bitte." Sie klang besiegt. „Du bringst mich dazu!"

Lucas lächelte. Obwohl ihre Fotze

tropfte, verweigerte sie ihre eigene und offensichtliche Lust. Er musste zugeben, dass sie hartnäckig war, aber er wollte sich auf die Herausforderung einlassen. Er ärgerte sie noch mehr, indem er seinen Finger um die äußeren Ränder ihrer weichen Schamlippen kreiste, und sich an den pulsierenden Zuckungen, die er verursachte, erfreute.

„Reagan, Süße. Du wirst mich anflehen, dich zu ficken." Er legte eine Hand hinter ihr Knie und hob eines ihrer Beine an. Dann rieb er ihre Klit mit seiner Fingerspitze.

„Fuck!" keuchte Reagan. Ihr Körper war angespannt und bewegungslos bis auf die Zuckungen, die aus ihrer nassen Pussy kamen.

Er bewegte sich auf dem Bett nach oben, bis seine Knie an ihrer Seite waren. Er senkte seinen Kopf und sagte:

„Du wirst mich noch anflehen, dich zu entjungfern."

„Fick dich!" keifte sie ihm hechelnd entgegen. Der Schweiß perlte ihre Schläfen entlang auf ihre langen rotblonden Haare. Sie biss sich auf die Lippe und schaute weg.

„Komm schon, fleh' mich an, dir die Sinne rauszuficken…"

„Nein!" erwiderte sie stur, während er seinen Schwanz gegen ihre sensible Klit drückte und sie ärgerte.

„…mhm…um dir die Erlösung zu geben, die du so verzweifelt willst." Während er sie langsam mit seinem harten Schwanz streichelte, atmete er tief ein, um gegen seinen eignen Drang, kommen zu wollen, anzukämpfen.

Ungeduldig hob er ihr anderes Bein hoch und konzentrierte sich darauf, sie stattdessen weiter an den Rand des Wahnsinns zu treiben. „Fühlt sich gut an, nicht wahr, Reagan", grummelte er, „mein dicker Schwanz zwischen deinen geschwollenen Lippen."

Sie wimmerte, als er seine Hüften in schnellen Schüben gegen sie drückte. Die Reibung an ihrer Pussy machte sie wahnsinnig.

„Denk an den Spaß, den du haben wirst, wenn mein Schwanz in dir ist und dich ausfüllt. Es würde sich so verdammt gut anfühlen. Du musst es nur sagen, Reagan. Sag mir nur, dass du es willst."

Sie ballte ihre Hände zu Fäusten und atmete in schnellen Zügen. So hartnäckig wie sie war, sagte sie nichts. Sie würde ihm diese Befriedigung nicht geben.

Lucas grinste. Er konnte dieses Spiel spielen und er war froh, ihr zu gehorchen. Er ließ ihr Bein los und beugte sich über ihren gespannten Körper. Mit einer leichten Bewegung in seiner Hüfte drückte er nur die Spitze seines pulsierenden Schwanzes in sie. Er glich sein Gewicht auf seinen Armen aus und das einzige Körperteil, das sie nun berührte war sein Schwanz.

Ihr Körper zuckte und sie sah ihn an. „Nein, bitte nicht!"

Er sah die Angst in ihren Augen und es stichelte ihn an, aber dann spürte er einen unvernünftigen Drang, sie trösten zu wollen. „Das ist nur die Spitze, Reagan", flüsterte er, „Entspann dich einfach. Es wird sich unglaublich gut anfühlen. Ich verspreche es." Sie atmete tief ein und schloss ihre Augen. Er spürte, wie sich ihre Körper langsam entspannte. „So ist's brav." Seine Worte klangen weich. Er wippte seine Hüfte und drang immer wieder und wieder in sie ein, aber ließ dabei nur die Spitze ein und ausgleiten. Ihre Fotze war so eng, dass die Spitze seines Schwanzes dabei ein lautes Sauggeräusch machte. Er betrachtete ihr Gesicht sorgfältig und bewertete jede Reaktion; die Reaktion ihres Körpers, wenn er die Geschwindigkeit änderte, wenn er manchmal rauszog und die Länge des Schwanzes gegen ihre zuckende, geschwollene Klit rieb, nur um dann wieder hineinzugleiten. Die wenigen Zentimeter neckten sie nur ein wenig mehr. Innerhalb weniger Augenblicke spürte er die unbewusste Bewegung ihrer Hüfte im Rhythmus mit seinen Bewegungen. Die Antwort sprach Bände.

Sie ließ ihre Hemmungen fallen, ging über ihr Furcht hinaus und erlaubte der Lust die Kontrolle zu übernehmen und sich selbst, sich in ihm zu verlieren.

„Genau so, du süßes Ding. Es fühlt sich so gut an, oder? Sag mir, dass du es willst. Fleh mich an, Reagan", er lehnte sich zu ihr und flüsterte ihr ins Ohr, „Sag mir, dass du meinen Schwanz in dir spüren willst."

Reagan ließ ihren Mund und ihre Augen zu.

„Verdammt, du fühlst dich so gut an. Du willst ihn tief in dir, nicht wahr, Reagan? Diese Spielereien machen dich verrückt." Er bewegte seine Hüfte schnell und erlaubte lediglich der Spitze seines Schwanzes ein und aus zu gleiten, was sie schnellatmig und wild machte. „Du musst es nur sagen, Reagan. Sag mir, dass du es willst und ich bring dich zum Höhepunkt. Fleh' mich an, dich zu ficken!"

Je näher sie vorm Orgasmus stand, desto energischer forderte er sie heraus. Kleine Schweißperlen bildeten sich auf ihrer Stirn und sie fing an, etwas gröber zu ächzen und zu keuchen, aber sie versuchte, die Kontrolle zu behalten. Lucas schwitzte auch vor lauter Anstrengung, seinen eigenen Orgasmus zurückzuhalten. Als sie wieder kurz davorstand, unterbrach er es wieder. Ein schneller Ruck seiner Hüfte reichte, um sich ihr wieder zu entziehen und ihre geschwollene Pussy schmerzend und leer zu hinterlassen.

„Nein, bitte! Bitte!" Sie wölbte sich vom Bett weg und fast unfreiwillig gegen ihn. Er ignorierte sie, aber hielt sie bei der Stange, indem er beruhigend über ihre geschwollene Klit rieb.

„Bitte was, Reagan?" Er presste die Spitze seines Schwanzes fest zusammen, um sich selbst noch ein wenig zurückzuhalten. Das butterartige Gefühl ihrer Schamlippen an und um die Spitze seines Schwanzes war die reinste Folter und sein Schwanz pulsierte in seiner Hand, aber er kam nicht zum Höhepunkt.

„Fuck!" keuchte sie und kämpfte

mit ihrem Stolz. Sie hasste es, etwas von ihm zu wollen, aber sie wollte so sehr kommen, als wäre es das einzige was ihr noch blieb. Ihre Pussy schmerzte und pochte vor lauter grobem Bedürfnis. Sie hatte so etwas noch nie zuvor gefühlt und schließlich ergab sie sich und kümmerte sich nicht weiter.

„Fick mich, du kranker Arsch!" schrie sie.

Lucas starrte in ihre braun-grünen Augen und schüttelte den Kopf. „Das kannst du viel besser."

Reagan biss sich auf die Lippe, während er sich nach unten bewegte und sie wieder zwischen den Beinen leckte. Das Gefühl seiner heißen Zunge an ihr ließ sie zittern und jeder Nerv konzentrierte sich auf ihre geschwollene Klit. Und dann brachte er sie wieder bis kurz vor den Orgasmus und ließ sie da hängen. Sobald das Gefühl nachließ, macht er es wieder und wieder, bis sie nicht mehr denken konnte und sie wild bebte.

„Bitte, ich flehe dich an. Bitte, fick mich. Fick mich!"

Er sog ein letztes Mal an ihrer schmerzenden Klit und brachte sie zum Zucken. „Mehr." knurrte er, als er sanft an einer ihrer Schamlippen sog und zwei Finger in ihre feuchte Fotze steckte. Sie konnte ihren Körper nicht daran hindern, sich gegen ihn zu sträuben.

„BITTE! Ich flehe dich an. Fick mich. Schieb ihn rein. Bitte!" schrie sie.

Lucas schob ihren Körper nach oben und verweilte an einem Nippel und sog hart daran. Sie keuchte bei dem Gefühl. Ihr Körper stand unter Feuer. Mit einem wilden Lächeln des Sieges positionierte sich Lucas über ihr und brachte seinen Schwanz an ihren Eingang und drückte ihn dagegen. Sie war so glatt, dass er wahrscheinlich sofort reingeschliddert wäre, wenn sie keine Jungfrau mehr gewesen wäre. Sie war so verdammt eng. Es machte ihn wild, weil er vorhatte, sich unglaublich viel Zeit zu lassen, damit er spüren konnte, wenn das Jungfernhäutchen vom Druck seines harten, dicken Schwanzes riss.

„Oh, Gott", winselte sie.

Sobald er langsam in sie eindrang, war sich Reagan nicht mehr sicher, ob sie das überhaupt noch wollte. Die pochende Dicke drang tiefer und tiefer ein, bis er gegen die geschmeidige, jungfräuliche Barriere stieß. Der Stoß war noch nicht heftig genug, um es zu durchbrechen, aber stark genug um den Widerstand zu testen. Sie hatte das Gefühl, als ob er sie in zwei riss. Reagan wand sich unter seinem Körper und versuchte, sich von dem unveränderlichen, schmerzlichen Druck seiner Invasion zu entfernen. Sie hatte nie etwas Dickeres darin gehabt als ihren Finger.

„N-n-nein…" rief sie. „Es tut weh!" keuchte sie und schubste ihn noch einmal. Lucas stoppte und atmete schwer. „Oh Gott, du bist so eng." Er strich eine Haarsträhne aus ihrem Gesicht und flüsterte: „Du musst dich entspannen. Dann wird es nicht wehtun."

Lucas griff nach unten und schrammte mit seinen Fingern an ihrer Klit, was sie wieder in Richtung dieses fantastischen Orgasmus brachte. Sie keuchte schwer. Genau mit der richtigen Menge an Druck rieb er über ihre Klit. Die Intensität reichte aus und dieses Mal ließ er den Orgasmus zu. Reagan schrie auf und zerrte an ihren Fesseln, als der erotische Orgasmus durch ihren Körper zog. Ihre tugendhafte Fotze verengte sich um ihn und drückte ihn gnadenlos. Sie schrie sogar seinen Namen, als sie mitten im Orgasmus steckte.

Er bohrte sich wieder mit unnachgiebigen Druck in sie. Dieses Mal hörte er aber nicht auf, als er das Jungfernhäutchen spürte. Er aalte sich in dem Vergnügen ihre süße Barriere zu durchbrechen, indem er tiefer und tiefer eindrang. Er war von dem unvermeidlichen Bedürfnis besessen, tief in ihr begraben zu sein.

„Oh, Fuck, ja", grummelte er. Schließlich drückte er seine Hoden gegen ihren Anus, während er sich stöhnend gegen sie drückte. Lucas begann, sich langsam zu bewegen und drang mit tiefen, rhythmischen und stechenden Stößen weiter ein, obwohl sie immer noch unglaublich eng war. Er wusste, dass der Orgasmus intensiver sein würde, je länger er sie zwang, zu warten. Er sah auf Reagan und je mehr er sich bewegte, desto entspannter war ihr Gesicht. Allerdings schien sie immer noch gegen die aufbauende Lust anzukämpfen. Als sie ihre Beine um seine Hüfte schlang und sich nach oben zu ihm hinbewegte, wusste er, dass sie keinen Schmerz mehr spürte und es brachte auch ihn zum Höhepunkt.

„Es fühlt sich gut an, nicht wahr Reagan? Zwanzig Zentimeter harter Schwanz in deiner Fotze. Kannst du spüren, wie ich jeden Zentimeter von dir ausfülle, während ich in dich eindringe?" Er beschleunigte das Tempo seiner Stöße und die Reibung war schon fast elektrisierend und als sie einen leichten Schrei ausließ, gab er ihr einen festen Schlag.

„Oh, Fuck, ja, komm für mich, Kleine." Er stöhnte und stieß härter in sie ein. Seine Hüfte bewegte sich wie eine gut geölte Maschine. Aus dem

Augenwinkel heraus konnte er sehen, wie sich ihre Faust an den Fesseln öffnete und schloss, aber ihre keuchenden Schreie stichelten ihn an, weiterzumachen.

„Um Himmels Willen!" grunzte er gegen ihren Nacken. „Ich werde in dir kommen, Reagan." Als er das sagte, erstarrte sie für einen Moment. Dann sträubte sie sich gegen ihn und stürzte in wilde Schauer, als ihr zweiter Orgasmus ihren gesamten Körper erfasste. Ihre Fotze schloss sich fest um ihn wie wallende, sich wiederholende Griffe, bis er seinen Kopf nach vorne fallen ließ und kam. Mit einem tiefen Schrei aus der Kehle heraus explodierte er in ihr. Sein Schwanz pulsierte und dann spritzte er in verlängerten Spurten aus. Jeder Muskel in seinem Körper spannte sich an, als er aus ihr herauszog. Er schaute nach unten auf seinen Schwanz in seiner Hand und konnte Reagan jungfräuliches Blut daran sehen. Der Anblick des tiefroten Flecks auf seiner Haut erfüllte ihn mit Zufriedenheit.

„Oh Gott, Reagan, du bist so ein guter Fick." Er beugte sich nach vorne, küsste sie innig und drückte ihre Brüste zusammen. „Und beim nächsten Mal wird es nur noch besser."

Reagan kämpfte gegen ihre schamvollen Tränen an, als sie begriff, dass er nicht vorhatte, sich nur mit ihrer Entjungferung zufrieden zu geben. Lucas hatte einen Plan und sie hatte keine Idee, was der Plan war. Sie wusste aber, dass das ganze hier bald vorbei sein würde.

5

Lucas dachte daran wie es wäre, wenn alle seine Geschäfte damit enden könnten, eine hübsche Jungfrau zu ficken. Er lehnte sich zurück und war äußerst über den Anblick von Reagan amüsiert, als sie vorgab zu schlafen. Ihre langen blonden Haare sahen auf dem Kissen prachtvoll aus und ihr Bauch war von seinem Sperma befleckt. Zwischen ihren Beinen sah er noch mehr seiner Wichse vermischt mit ihrem jungfräulichen Blut, das aus ihrer glitzernden Pussy heraustropfte.

Er konnte nicht widerstehen und tauchte einen Finger in ihre klebrige Wärme, benetzte ihn und wischte ihn an ihren Lippen ab. Reagan zuckte und machte ihre Augen auf und verriet so, dass sie nicht wirklich schlief.

Seine Augen hafteten an ihr, als er sagte: „Ich mache dich los, Reagan."

Eine Welle der Aufregung überkam sie. Vielleicht hatte sie falsch gelegen und es war doch vorbei und sie könnte versuchen, diesen hassvollen Angriff zu vergessen und sich selbst davon überzeugen, dass sie es nicht genossen hatte.

In einer fließenden Bewegung stand Lucas vom Bett auf und zeigte jeden Winkel und jede Seite seines athletischen Körpers. Trotz der Tatsache, dass dieser Mann sie gerade unter Zwang gefickt hatte, musste sie doch die Perfektion dieses Körpers anerkennen. Er musste jeden Tag trainieren um so auszusehen, dachte sie bei sich. Jeder Muskel in seinem Körper war perfekt definiert. Ihre Augen wurden auf einmal auf seinen Schwanz gelenkt, der in Streifen von Wichse und Blut getaucht war. Sie erinnerte sich daran, wie erfüllt sie sich gefühlt hatte und an den heftigen Orgasmus, der ihren Körper bis zur Vergessenheit trieb und ihre zuckende Pussy, als ob sie nach mehr schrie. Oh Gott, Reagan! Es war lediglich ihr Körper, die Reflexe ihres Körpers, die auf die Erregung reagierten.

Lucas gluckste und schnippte seine Finger, um ihren Blick auf sein Gesicht zu lenken. Er sah amüsiert aus, als ob er wusste, was sie dachte. „Du kannst dich jetzt sauber machen." sagte er, während er sich über sie lehnte und ihre Fesseln am Handgelenk losmachte. Reagan richtete sich auf und rieb ihre Handgelenke.

„Nimm dir so viel Zeit, wie du brauchst, aber nur duschen – nicht baden."

Sie ging zum Badezimmer und bemerkte, dass der Drehknopf fehlte und ging zurück, um ihn anzusehen. Lucas zuckte mit den Schultern und gestikulierte ihr zu, dass sie hereinkommen könnte. Sie machte das Wasser in der Dusche an und trat unter die Strahlen.

~

Lucas ging zur Wechselsprechanlage an der Wand und drückte eine Taste. „Ich hoffe, dass du da bist, Aiden."

„Ich bin hier."

„Hast du zugesehen? Zugehört?"

„Oh, Gott, ja." Aiden klang aufgeregt.

„Ich hoffe du hast es genauso genossen, wie ich." Lucas grinste in sich hinein.

„Fick dich, Lucas. Ich will meinen Teil." knurrte er in die Wechselsprechanlage.

„Sobald wir das Geschäft abgeschlossen und auf der gestrichelten Linie unterzeichnet haben, kannst du so viel von ihr haben, wie du willst. Die Nacht ist noch jung und du hast noch viel Zeit zum Spielen. Oh, und bring mir eine Flasche Bourbon und zwei Gläser." Lucas drückte auf einen anderen Knopf und stellte die Wechselsprechanlage um.

Vor dem Tod von Aiden und Reagans Eltern, die im Autounfall gestorben waren, hatte Lucas' Vater, Rex, über zwanzig verschiedene Geschäfte mit Sean Lynch, Aidens Vater und Reagans Stiefvater, abgeschlossen. Als Aiden das Geschäft übernommen hatte, sahen Rex und Lucas dabei zu, wie er das Unternehmen langsam aber sicher in den Ruin trieb und dachte daran, was für eine Schande es war. Wie enttäuscht sein Vater gewesen wäre, wenn er noch am Leben wäre. Als Lucas dazukam und ein Übernahmeangebot machte, wusste er, dass Aiden das, was vom Unternehmen noch übrig war, ohne auch nur mit der Wimper zu zucken, verkaufen würde. Er hatte im letzten Jahr einige Dinge versaut und es zeigte sich auch im Umsatz. Als Lucas Ferris das Angebot gemacht hatte, bestellte sein Vater, Rex, sein Team ein, um ein halbherziges Gegenangebot vorzuschlagen. Und so fing es an.

Lucas zögerte die Verhandlungen absichtlich heraus und wartete genau auf den richtigen Moment, um zu sehen, ob Aiden auf sein Angebot anspringen würde. Bei einem Gespräch war Reagan dazugekommen und brachte jeden einzelnen Mann dazu, sich aufzurichten. Sie trug eine weiße, durchsichtige, aufgebauschte Bluse, die bis zur Taille aufgeknöpft war und das enge Tank-Top und einen kurzen Rock zeigte. Lucas hatte Aiden scharf beobachtet, wenn es um sein Verhalten bezüglich seiner Stiefschwester ging.

„Reagan, was für eine schöne Überraschung", sagte Aiden und lächelte. Lucas war nicht überrascht. Er hatte ihr Eintreten geplant und es war nicht unüblich für ihn, die auffallende Schönheit seiner Stiefschwester für seine Geschäfte und zur Ablenkung seiner Gegenspieler einzusetzen. Er nickte zustimmend und bemerkte, dass ihre Nippel erregt waren. Sie hielt inne, als ob sie nicht gewusst hatte, dass der Raum voll besetzt sein würde.

„Es tut mir leid. Ich dachte, dass du

bereits fertig wärst, Aiden. Ich wollte nicht stören."

Lucas stand auf und genoss den Anblick, den er vor sich hatte. „Tust du nicht, Reagan. Ich denke, dass alle hier zustimmen würden, dass eine solche Unterbrechung äußerst willkommen ist." Reagan lächelte und Aiden gab seine Anweisungen. Aiden bemerkte auch Lucas' Interesse an Reagan und stimmte zu, mit ihnen an dem Abend zu Abend zu essen.

Am nächsten Tag bestand Lucas auf ein privates Treffen in der Familienvilla in La Jolla in Kalifornien. Als Lucas ankam, vergeudete er keine Zeit und übergab Aiden eine dicke Akte. „Nimm dir Zeit, alles durchzulesen. Ich trinke in der Zwischenzeit einen." sagte Lucas und Goss die bernsteinfarbige Flüssigkeit ins Glas.

Aiden hatte die Dokumente zweimal durchgelesen und sah zu Lucas. Ein fieses Lächeln zog an den Ecken seiner Lippen. „Du Arsch!" sagte er und ging zu Lucas und gab ihn einen Klapps auf den Rücken. „Ich mach's, aber ändere es auf einige Stunden und ich bekomme weitere Rechte."

Lucas kippte den Rest seines Getränks runter, stellte das Glas ab und ergriff die Akte. „Du kranker Arsch. Der Vertrag ist vom Tisch." Er klemmte die Akte unter den Arm und ging durch die Tür.

„Oh, komm schon, Lucas. Um Himmels Willen. Sie ist meine Stiefschwester, nicht meine Schwester."

Er drehte sich um und starrte das Stück Scheiße an. „Ich gebe dir nur noch eine Chance. Sei nicht so verdammt dumm. Ich will sie für vierundzwanzig Stunden, so wie ich es will. Keine Stunde mehr oder weniger. Im Tausch dafür gehe ich auf jeden ursprünglichen Punkt ein, den du während der ersten Verhandlungen aufgelistet hattest und zahle den vollen Kaufpreis."

Aiden zögerte nicht, während das Lächeln über sein Gesicht kroch. „Sie ist Jungfrau, weißt du", sagte Aiden klug, „Fünf Millionen dafür."

Lucas blieb stehen und blinzelte nicht einmal. „Verrückt."

„Ok, dann eben zwei Millionen. Ich garantiere dir, dass sie es wert ist."

„Zweihundertundfünfzigtausend", entgegenete Lucas.

Aiden verzog sein Gesicht. „Habe ich schon erwähnt, dass ihre Titten wie—"

Aiden hörte auf zu reden, als Reagan im skandalösten Badeanzug vorbeikam. Aiden konnte sein Lächeln nicht zurückhalten. Perfektes Timing, dachte er.

Beide sahen ihr hinterher, als sie

die beiden anlächelte und durch den Hinterausgang zum Pool ging. Als sie weg war, kicherte Aiden und sagte: „Drei, nicht weniger."

„Eine. Letztes Angebot."

Mit ein paar kleinen Änderungen besiegelten sie den Deal, der im folgenden Monat unterschrieben werden würde, und Lucas verließ ihr Anwesen mit einem Lächeln auf seinem Gesicht. Wenn Aiden nur wüsste, was gerade passiert war, würde er durchdrehen.

~

Als Aiden den Bourbon und die Gläser in das Schlafzimmer seiner Schwester brachte, befahl Lucas ihm, in sein Zimmer zurückzukehren und schlug dann die Tür vor seinem Gesicht zu. Kranker, voyeuristischer Bastard, dachte Lucas bei sich. Er stellte die Flasche und die Gläser auf den Tisch, nahm seine Tasche und ergriff einige Kerzen. Er zündete sie an, was den Raum leicht orangefarben erglühen ließ. Helles Licht strahlte durch das Badezimmer, wo Reagan immer noch duschte. Er war sich sicher, dass sie sich die ganze Wichse vom Körper wusch und er entschied, nach ihr zu sehen.

Die übergroße Luxusdusche hatte Doppelbrausen und eine eingebaute Marmorsitzbank. Durch die beschlagenen Glastüren konnte Lucas die verschwommene Gestalt von Reagan sehen. Er konnte sehen, dass sie sich mit den Händen an der Wand abstützte, während das Wasser auf ihre langen Locken plätscherte. Er konnte ihren verlockenden Rücken und ihren vorzüglichen runden Hintern sehen. Sein Schwanz zuckte und er leckte sich über die Lippen, während er daran dachte, zwischen diesen Arschbacken zu lecken, und das geschwollene Loch ihres Anus mit seiner Zunge zu ertasten.

Zeit für Runde zwei.

Er drückte schnell die Taste der Wechselsprechanlage, welche Stimmaufnahmen und Kameras aktivierte. Er sah ihr aufmerksam zu. Seine Augen genossen den Anblick ihres üppigen Körpers. Er ergriff seinen erhärteten Schwanz und begann ihn zu reiben. Lucas sah zu, wie sie nach der Seife griff. Sie hatte ihn noch nicht bemerkt und schäumte sich ein und streichelte ihre eigenen Brüste. Verdammt, sie hatte tolle Titten! Er konnte es kaum erwarten, wieder an ihnen zu saugen, sie in seinen großen Händen zu spüren und diese harten Nippel zwischen Daumen und Zeigefingern zu rollen. Sein Mund wurde trocken, als sie nach unten griff, um ihre Pussy zu waschen. Ihre Finger, die zwischen ihren Beinen und zwischen den festen jungen Pobacken abtauchten, brachten ihn schließlich dazu, seiner Beute noch einmal einen Klaps zu geben.

In einer fließenden Bewegung machte er die Tür der Dusche auf und kam in den dampfenden Bereich hinein. Reagan drehte sich schnell um und atmete auf. Ihre Augen wanderten zu dem wilden Ständer hinab, der wie eine Stahlstange emporschlug und sie lehnte sich gegen die gefliese Wand.

„Ich dachte, dass du gesagt hast, dass ich duschen könnte?" zischte sie und ballte die Fäuste.

„Dreh dich um." Lucas grinste sie räuberisch an. Sie tat, was von ihr verlangt wurde und wollte nicht streiten. Die heißen Tropfen fielen auf beide herab und die Hitze fühlte sich unglaublich an. Wie praktisch, dass sie eine Dusche hatte, die genug Platz für mehrere Personen bot. Er legte seine Hände auf ihre Hüfte und rieb über ihre seifige Haut, während der Kopf seines steifen Schwanzes gegen ihre Arschbacken stupste.

Er knabberte an ihrem Ohrläppchen und flüsterte: „Lass uns ficken, Reagan." Er wusste, dass Aiden zugehört und zugesehen hatte. In Lucas Sicht war er ein kranker Arsch. „Lass uns ein wenig Spaß haben und die Regeln ändern. Diesmal sagst du mir, wie du es willst." Seine Hand glitt an ihrem Körper hoch, bis er ihre Brüste erreichte. Er nahm sie in die Hand und tastete sich zu ihren harten Nippeln hervor. Er rollte sie zwischen seinen Fingern und beugte sich vor und knabberte zärtlich an ihrem Nacken. Reagan fing an zu keuchen und spürte, wie sie ihre Hüfte gegen ihn bewegte.

„Sag mir genau, wie du gefickt werden willst." Er fuhr damit fort, einen Nippel zu zwicken, während seine andere Hand nach unten glitt und ihre Klit ertastete. Während er ihre empfindlichen Noppen streichelte und sich ihre Brustwarzen verengten, brachte er sie in wenigen Minuten dazu, sich Lust zu winden. „Ich wollte diesen hübschen, kleinen Hintern ficken", sagte er mit einer tiefen, heiseren Stimme. Ihre Fotze zog sich um seinen Finger fest zusammen, als er den Satz zu Ende sprach.

„Was?", lachte er, „Die Idee gefällt dir, nicht?"

Sie wandte nur ihr Gesicht ab. Er zog seinen Finger aus ihrer feuchten Pussy und kreiste um das enge Loch ihres jungfräulichen Pos.

„Hmmm.", stöhnte er.

Sie zitterte in seinen Armen und ein tiefes Stöhnen kam

aus ihrem Hals. Er lächelte in sich hinein und befeuchtete seinen Finger, um ihn in ihren Hintern zu stecken. Reagan stöhnte lauter. Mit seinem Finger in ihrem Arsch, fasste er mit seiner anderen Hand um sie und steckte zwei Finger in ihre Fotze.

„Verdammt, du bist so feucht, Reagan", murmelte er in ihr Ohr. „Oh, es gefällt dir also, wenn ich mit deinem Arsch spiele."

„Nein", schrie sie schwach, „Hör auf, bring mich nicht dazu..."

Lucas schob seine Finger in ihren Arsch und zog sie wieder raus. Dabei grinste er und genoss jede Sekunde. „Ich bringe dich zu gar nichts, Kleines. Deine Pussy ist so feucht und sicherlich nicht wegen der Dusche. Deine Klit pocht gegen meinen Finger und dein Herz rast. Dein Körper schreit danach, in den Arsch gefickt zu werden."

„Fick dich!" zischte sie und drehte sich um, was dazu führte, dass seine Finger aus ihrem Anus und ihrer Pussy floppten. Ihre Augen funkelten trotzig, als sie seinem Blick standhielt. Seine Augen verengten sich und sie sahen wie wütende, dunkelblaue Strudel aus. Als sie sich unter den Wasserstrahl gestellt hatte, wusste sie, dass es ein Fehler war.

Lucas starrte sie mit engem Blick streng an, was sie schaudern ließ. Dann packte er sie an den Armen und hielt sie fest und drückte die Arme über ihren Kopf gegen die Fliesen. „Ich glaube, du verstehst nicht. Ich habe hier die Kontrolle. Du bist für MEINEN Spaß hier. Ich habe dich gekauft." Er machte eine Pause und hielt ihre Arme fest. „Dir hat es verdammt nochmal gefallen, was ich vorhin mit dir angestellt habe. Du hast es verdammt nochmal geliebt! Allerdings warst du zu ängstlich, es zuzugeben."

Reagan sah ihn schockiert an. „Ja, Reagan. Du hast mich angefleht, dich zu ficken. Je eher du es zugibst, desto schneller wirst du es akzeptieren."

Sie schüttelte ihren Kopf noch einmal. „Hör auf das zu sagen. Ich hatte keine Wahl."

Sein Gesicht war nur wenige Zentimeter von ihrem entfernt. „Du bist gekommen, Reagan. Zweimal und es hat dir verdammt gut gefallen!" schniefte er.

Sie sah ihn mit Vergeltung an. „Du sadistischer Hurensohn!"

Er lachte. „Du hast keine Ahnung was sadistisch überhaupt ist, Reagan. Aber du wirst es bald erfahren."

6

Er zwang sie auf die Knie und ergriff ihre rotblonden Haare, indem er eine Faust machte. Dann zog er daran, sodass ihr Kinn nach oben zeigte und er in ihre großen rehbraunen Augen sehen konnte. Sein Schwanz ragte vor ihr empor.

„Blas mir einen." knurrte er.

Er bereitete sich vor und stützte sich mit einer Hand an den Fliesen und den Füßen an der Bank ab. In dieser Position konnte er seinen

Körper für eine extremere Penetration einsetzen, wenn er es wollte.

Ein teuflisches Grinsen zog wieder an seinen Lippen, als er ihr dabei zusah, wie sie ihren Mund aufmachte und er seinen Schwanz in sie schob. Er tauchte tief ein und konzentrierte sich auf seinen Schwanz, der in ihrem schönen Mund verschwand. Sein Hoden klatschte gegen ihre Wange, während er seine Hüfte bewegte und sich in ihren Hals drückte. Fuck! Nur wenige Minuten verstrichen und mit einer kompletten Tortur zog er stöhnend heraus.

„Hoch!" befahl er. Lucas sah zu, wie sie ihm gehorchte. „Dreh dich um!"

Er ergriff ihre Hüfte und drückte gegen ihre Schulter, um sie nach vorne zu beugen. Dann spreizte er ihre Füße mit seinen, um Ihre Beine breit zu machen. Absolut perfekt. Er kniete sich hin und brachte die Spitze seines harten Schwanzes an ihren Eingang und stieß zu. Das hier war nicht das vorsichtige, nachsichtige Liebemachen, dass er ihr vorhin gegeben hatte. Es war ihr egal, ob sie kam oder nicht und kümmerte sich nicht um ihr Vergnügen. Alles was er wollte, war es, seine Macht an ihr auszuüben. Es war reine tierische Wut. Er stieß so hart in sie ein, dass ihre Füße verrutschten. Bei jedem harten Stoß stöhnte er laut, aber nur weil es sich so verdammt gut anfühlte und er wusste, dass ihr Bruder zuhörte.

„Du bist so...aah!...verdammt...aah!...eng", schrie er zwischendurch. Er fühlte das Rucken in seinem Schwanz, als er sein Sperma tief in sie schoss, während das Wasser auf sie beide herabtropfte.

Als er wieder zu Atem kam, zog er raus und Reagan stand mit dem Rücken gegen die Wand da. Er ignorierte sie, griff nach der Seife und wusch sich ab. Er duschte sich ab und warf einen letzten Blick auf sie. Dann verließ er die Dusche und griff nach einem Handtuch, bevor er das Badezimmer verließ. Das war verrückt. Er würde sich deswegen nicht schlecht fühlen.

Einige Augenblicke später hörte er, wie das Wasser abgedreht wurde. Sie wickelte ein Handtuch um sich und trocknete ihre Haare mit einem kleineren Tuch. Als sie aus dem Bad kam, führte er sie zum Bett.

Ihre Blicke verschmolzen miteinander. „Erstmal keine Fesseln." sagte er und wies sie darauf hin, sich unter die Decke zu legen und goss ihr ein Glas Bourbon ein. „Hier, trink das. Dann sollten wir ein wenig schlafen."

Reagan trank auf Ex. Sie war kein Fan von Bourbon, aber im Moment brauchte sie es. Sie schloss die Augen und schüttelte den Kopf, als sich der Alkohol in ihrem Hals seinen Weg bahnte und sie von innen erwärmte. Sie war komplett erschöpft und konnte sich kaum bewegen. Ihre Arme und Beine fühlten sich wie Wackelpudding an, als sie sich hinlegte. Es war fünf Uhr zwanzig. Kein Wunder, dass sie so müde war.

Lucas stieg neben ihr ins Bett und trank sein Glas Bourbon aus. Ihre rhythmische Atmung und ihr reizendes Gesicht gaben ihm ein merkwürdig sattes Gefühl. Fast schon ein Gefühl von Zufriedenheit. Normalerweise bedeutete jeder Wachmoment Geschäft. Er versuchte immer seine Reichweite mithilfe von Geschäften zu erweitern. Selbst beim Sex würde er über das Geschäft und den nächsten Schritt nachdenken, wie er seinen Umsatz steigern könnte. Seine sexuelle Befriedigung war das einzige, was mit seinem Trieb nach Reichtum und Macht gleichkam. Aber seit er Reagan zum ersten Mal getroffen hatte, erschien alles andere nicht vorhanden. Reagan tat etwas mit ihm, was er selbst nicht einmal verstehen konnte. Sein beträchtlicher, unternehmerischer Reichtum würde ohne ihn fortfahren, wie es das auch sollte. Lucas engagierte nur die kompetentesten Führungskräfte, die seine Geschäfte mehrere Wochen ohne ihn führen konnten, aber diesmal war er von der Last seiner Geschäfte befreit und konnte sich nur auf das konzentrieren, was im Moment ablief.

Nachdem er die Kerze ausgeblasen hatte, schloss er neben Reagan seine Augen. Er brauchte eine gute Portion Schlaf um mit dem, was morgen passierte, umgehen zu können. Am Vormittag würde seine Energie wiederhergestellt sein und er könnte sich mit Aiden befassen. Er lächelte in sich hinein, als er sich den erschrockenen, klaffenden Ausdruck in seinem Gesicht vorstellte, wenn er erfuhr, was ihm bevorstand.

7

Reagan rührte sich und öffnete langsam die Augen, als die morgendliche Sonne durch das Fenster hereinschien. Sie richtete sich auf und war angenehm überrascht, zu sehen, dass jemand ein Tablett mit Rührei, Speck, Toast und frischem Obst hochgebracht hatte. Es gab auch Kaffee und Orangensaft. Für eine Sekunde war es wie ein gewöhnlicher Tag. Nicht der verdrehte Alptraum, der zurückkam und ihre Gedanken vereinnahmte.

Ein tiefer Schmerz fuhr durch ihre

Brust, als sie an ihren Stiefbruder dachte. Wie konnte er ihr das nur antun? Sie waren natürlich nicht blutsverwandt, aber Herr Gott, sie hatte neun Jahre lang mit ihm als seine Schwester zusammengelebt! Sie musste ihm doch etwas bedeuten? Ihre Eltern wären absolut angewidert, wenn sie davon erfahren könnten, was er getan hatte. Obwohl sie das letzte Jahr mitgespielt und seinen lächerlichen Forderungen gefolgt hatte, war sie nicht ganz so naiv und unwissend. Reagan wusste genau, dass ihr Stiefvater beiden das Familienunternehmen hinterlassen hatte. Nicht nur Aiden. Sie war sich seiner ignoranten, unternehmerischen Entscheidungen bewusst, die das Familienunternehmen langsam in die Knie zwangen. Aber sie hatte einfach mitgespielt. Sie strich sich durchs lange blonde Haar, als sich die Wut in ihr langsam aufbaute. Sie hatte keine Lust mehr auf dieses Spiel. Er hatte verdammt noch mal zu zahlen. Und, oh Gott, sie würde ihren Stiefbruder bezahlen lassen.

Aber erstmal würde sie weiterhin mitspielen.

Er räusperte sich und gewann so ihre Aufmerksamkeit. Sie schaute zum Sessel in der Ecke ihres Zimmers. Lucas saß am Fenster – seine Finger unter seinem Kinn – und sah sie mit einem intensiven Blick an. Etwas in ihr rührte sich.

„Du bist wach", sagte Lucas, nahm seinen Kaffee und trank einen kleinen Schluck, „Iss, du brauchst Kraft, Kleine."

Sie machte ihren Mund auf, um einen Kommentar abzugeben, aber machte ihn schnell wieder zu. Er schaute kurz auf den Wecker auf dem Nachttisch. Es war schon fast Mittag.

Reagan richtete sich auf und schaute auf das Essen, das vor ihr stand. Es dauerte nicht lange, um das Frühstück, das ihr gebracht wurde, zu essen. Sie war so hungrig und es gab keinen Sinn darin, das Essen verweigern. Als sie ihren Orangensaft ausgetrunken hatte, sah sie Lucas an und fragte: „Wie lange dauert es noch, bis dieser Alptraum hier vorbei ist?"

Er runzelte die Stirn und sagte: „Eigentlich bis Mitternacht, aber möglicherweise eher." Er stand auf und griff nach dem weißen, durchsichtigen Babydoll-Kleid, das am Ende des Bettes lag. Dann legte er es auf die Bettkante und deutete ihr an, es sich anzuziehen. „Aber ohne BH oder Höschen."

Seine Worte zwangen sie, wieder an daran zu denken, dass sie Lucas von ihrem eigenen Bruder geschenkt wurde. Der Gedanke an sich war finster und sie verstand es nicht. Wie konnte das jemand tun? Jemanden wie einen Gegenstand behandeln? Wie Müll. Als ob sie ein verdammtes Vieh wäre und eine reine Geschäftstransaktion.

Aiden hatte sie schon so lange benutzt, aber sie hätte niemals gedacht, dass er in der Lage wäre, so bösartig zu sein – und das seiner eigenen Familie gegenüber.

Zu wissen, dass er ihr das angetan hatte, ohne auch nur zu mit der Wimper zu zucken, brachte sie dazu, losschreien und seine schönen grünen Augen auskratzen zu wollen, aber sie wusste, dass sie das nicht tun konnte. Sie wurde aus ihren Gedanken gerissen, als Lucas leise flüsterte: „Er sieht zu. Zieh dich an." Reagans Blick folgte seinem Blick zu den Ecken an der Decke. Sie blinzelte und versuchte sich auf die kleinen, schwarzen gestrichelten Linien zu konzentrieren, die immer schärfer wurden. Reagan war schon wütend, aber jetzt verwandelte sich diese Wut in Rage, die sie noch mehr verzehrte, als sie dachte. Der Schmerz durchbohrte ihr Herz, als die Realität der letzten Nacht wieder auf sie einbrach.

Dieser kranke Arsch hat alles beobachtet! Oh mein Gott! Reagan verschränkte die Arme vor ihrer Brust und legte ihre Hand auf ihren Mund. Sie versuchte, ihre Tränen zurückzuhalten. Dann richtete sich ihr Blick wieder auf Lucas, der jetzt in der Tür stand.

„Triff mich bitte in der Bibliothek, wenn du angezogen bist." Er sah sie mit einem traurigen, kleinen Lächeln an und schloss die Tür hinter sich.

Sie hatte ihre Hand immer noch vor ihrem Mund und sie sah dabei zu, wie er das Zimmer verließ und ihr etwas Privatsphäre gab. Wahrscheinlich, um ihr Zeit zu geben, das Ausmaß des Geheimnisses zu verdauen, das er gerade mit ihr geteilt hatte. Reagan spürte, wie eine Träne über ihre Wange rollte, dann atmete sie tief ein und wischte die Träne mit dem Handrücken ab. Oh, sie war verdammt sauer.

Sie stand vollkommen nackt auf und ging zur Bettkante, um ihr Kleid zu nehmen. Sie schäumte innerlich und wusste, dass sie sich wieder fangen musste. Aiden wollte sehen, wie sie vergewaltigt wurde. Er wollte sie verwundbar sehen und er wollte sie vor einem Mann, den er ihr ebenfalls geschenkt hatte, bloßstellen und von ihm ruinieren lassen. Nun, sie würde es ihm verdammt noch mal zeigen.

Reagan ging langsam zum Badezimmer, hielt das Kleid in der Hand und atmete tief durch, um sich zu beruhigen. Sie zog sich das kleine weiße und durchsichtige Kleid an und griff dann mit beiden Händen nach dem Waschbeckenrand und betrachtete sich im Spiegel. Sie dachte an die kleinen Kameras, die in ihrem Schlafzimmer waren, drehte sich langsam um und versuchte, nicht zu auffällig zu sein, während sie die Decke und Wände des Badezimmers inspizierte. Sie sah zwei weitere Kameras, die auf die Dusche gerichtet waren. Sie drehte sich noch einmal um, um sich selbst anzuschauen und nahm ihre Haarbürste. Langsam kämmte sie ihr langes, blondes Haar. „Du kannst das, Reagan. Du kannst das." Die Worte rauschten durch ihren Kopf, während sie ruhig ihre Haare kämmte.

Kein Höschen zu tragen, fühlte sich komisch an. Mit jedem Schritt brachte sie einen Hauch Luft unter ihr Kleid.

Ein paar Augenblicke später tappte Reagan den Flur entlang, ging die Treppe hinunter und betrat die Bibliothek, so wie es ihr zuvor aufgetragen wurde. Ihre Augen wanderten sofort zu ihrem Bruder. Er saß in einem Ledersessel gegenüber einer großen Couch, auf der Lucas saß. Sie unterhielten sich, als wäre es nur ein weiterer verdammter Tag. Ihre Augen blickten auf den Leibwächter, der ein paar Schritte vom Stuhl entfernt stand. Dann richtete sie ihre Augen wieder auf Aiden.

Ein Wutanfall drohte sie zu verschlucken, als sie so dastand und alle Augen auf sie gerichtet waren. „Reagan. Ich hoffe, du hast gut geschlafen?" fragte Aiden mit einem Grinsen im Gesicht.

Sie stand mit ihren Armen an beiden Seiten da und ballte ihre Hände zu Fäusten, um sich zu beruhigen. Sie spürte, wie sich ihre Nägel in ihr Fleisch gruben, als sie ein Lächeln auflegte und sagte: „Sehr gut."

Ihre Augen wanderten zu Lucas, der ihrem Bruder gegenübersaß. „Püppchen. Komm her."

Reagan ging langsam auf Lucas zu, aber wandte ihren Blick nie von ihrem Bruder ab. Sie blieb neben Lucas' Stuhl stehen. Sie spürte, wie seine Hand unter ihr Kleid und über ihren Oberschenkel glitt und langsam ihre Arschbacke massierte.

„Hast du irgendwelche Fragen an deinen Bruder, Reagan?" Er hob eine Augenbraue an und wartete auf eine Antwort. Dann schaute er zu Aiden.

Reagan musste noch einmal tief einatmen und wandte dabei ihren Blick immer noch nicht von ihrem Bruder ab. „Hast du mich jemals geliebt?" flüsterte sie und sah, wie sein

Kinn zuckte und wie sich dann seine Augen verdunkelten.

„Zu einem gewissen Zeitpunkt schon. Aber dann...", er machte eine Pause und versuchte die richtigen Worte zu finden, „bist du ein Gebrauchsgegenstand geworden, etwas, was ich als Pfand benutzen konnte." Sie spürte, wie Lucas ihre Hand festhielt und sie dann leicht drückte. So, als wollte er ihr Kraft geben.

Reagan ließ Lucas los und trat einen Schritt auf ihren Bruder zu. Sie knurrte durch zusammengebissene Zähne: „Wie konntest du nur? Ich habe dich wie einen verdammten Bruder geliebt, du kranker Arsch! Ich war loyal!" Sie blickte in die grünen Augen ihres Bruders und sah nichts. Kein Mitgefühl, keine Schuld und kein Funken von Reue.

Er hielt eine Hand hoch, um sie zum

Schweigen zu bringen. „Genug jetzt, Reagan. Erspare mir das Gefasel. Ich schulde dir absolut keine Erklärung!" rief er. „Als ich erfahren habe, dass uns mein Vater das Familienunternehmen gemeinsam hinterlassen hatte, wurde ich verdammt wild. Wie konnte er bloß?! Sein Geschäft gehörte mir, seinem Sohn. Keiner kleinen, verdammten Hure. Du warst nicht mehr als eine Last und hast mir nur verdammte Kopfschmerzen bereitet." Aiden sah sich im Raum um und blickte sie dann wieder an. „Das ist bloß die Rückzahlung, du kleines Miststück!"

Reagan spürte, wie ihre Tränen die Wangen hinunterliefen, als seine Worte in sie einstachen. Einen Moment später steckte sie den Schmerz beiseite, wie sie es immer getan hatte, und fing an, zu lachen. Sie konnte es nicht mehr unterdrücken. Als sie es schließlich verstanden hatte, wischte

Reagan ihre Wangen trocken und lächelte. Sie sah über ihre Schulter hinweg zu Lucas und fragte: „Hat er den Vertrag unterschrieben, Babe?"

Ein fieses Grinsen erschien auf Lucas' Gesicht und er nickte. „Oh, ja. Er gehört voll und ganz dir, Liebes."

8

Reagan wandte sich ihrem Bruder zu, als die Worte aus seinem Mund sprudelten: „Was zum Teufel?" fragte er in Verzweiflung. Der verwirrte Blick in seinem Gesicht ließ Reagan lächeln.

„Hmmm. Wer ist nun das kleine Miststück, Aiden? Du verdammter Vollidiot! Fühlt sich nicht gut an, oder?" fragte sie. Sie stützte sich mit einer Hand an der Hüfte ab und hob die Augenbraue hoch.

Sie sah zu, wie Aiden verwirrt zwischen ihr und Lucas hin und her sah.

FLEH' MICH AN

„Lucas, was ist das? Was geht hier vor sich?"

„Du hast sie unterschätzt, Aiden. Es gab so viele Möglichkeiten, damit umzugehen, aber leider hast du dich für die falsche entschieden. Es geht mich wirklich nichts an." Er wandte sich nun Reagan zu und ließ von Aiden ab.

Reagan saß neben Lucas auf der Couch, die gegenüber von ihrem Bruder stand und machte es sich neben ihm bequem. Sie strich sich durch ihre langen Haare und blickte dann wieder auf das Stück Scheiße ihr gegenüber.

„Du bist vielleicht elf Jahre älter als ich, Aiden, aber du wurdest soeben von deiner neunzehnjährigen Schwester bedrängt." Sie grinste und ergriff den Vertrag auf dem Tisch neben ihr. Sie hielt den Vertrag in die Luft. „Dieser Vertrag, den du gerade unterschrieben hast, gibt mir die volle

Kontrolle über Lynch Land Developments. Er umfasst auch alle Aktien und Familienanwesen, einschließlich dieser schönen Ferienhütte." sagte sie und schaute sich um. Dann landeten ihre Augen wieder auf ihrem Bruder. Reagan starrte ihn an und fühlte sich innerlich völlig taub. Von der Liebe und dem Respekt, den sie einst für ihn empfunden hatte, war jetzt nichts mehr übrig. Er hatte sie auf die mieseste Art und Weise betrogen, und sie würde sicherstellen, dass ihm nichts blieb. Kein verdammter Cent. Sie wusste, dass ihm das am meisten wehtun würde. Macht, Status und Geld waren sein Antrieb. Er stellte sich als jemand Wichtiges dar. Jetzt da er ohne einen Cent dastand…und nicht mal ein zu Hause hatte, wusste sie, dass es ihn kaputt machen würde. Sie studierte sein Gesicht. Sein Mund zuckte und seine Augen sahen wild und dunkel aus, als er das, was sie gerade gesagt hatte, verarbeitete.

Aiden versuchte empört aufzustehen, aber Frankie warf ihn zurück auf seinen Platz. Reagan sah dabei zu, wie er seine Hände zu Fäusten ballte und die Zähne zusammenbiss. „Nein!" grunzte er, als ob er Schmerzen hatte. „Das kannst du nicht mit mir machen!" rief er. „Warum würdest du das tun? Mein Großvater und mein Vater haben so hart dafür gearbeitet. Du verdienst nichts davon!"

Reagan lachte. „Warum? Meinst du das verdammt nochmal ernst!?" Sie schloss ihre Augen, als ob sie ihren Ärger beruhigen wollte und machte sie dann wieder auf. „Aiden, das wäre dir nie passiert. Du siehst, es war ein Test und du bist tierisch durchgefallen. Das hast du dir selbst zu verantworten. Es ist nicht meine Schuld!" keifte sie. Sie war rasend vor Wut.

Er war sichtlich verwirrt. „Ein Test?"

Reagan atmete ein. „Ja, ein verdammter Test! Als ich Monate nach dem Autounfall darauf aufmerksam gemacht wurde, dass alles…die Anwesen, Papas Imperium und alle Anlagen an uns BEIDE ging, konnte ich es nicht fassen." Sie machte eine Pause. „Ich war so verwirrt, weil mein geliebter Bruder erklärt hatte, dass alles ihm hinterlassen wurde – dem wahren Erbe des Imperiums seines Vaters –, und dass er sich weiterhin gut um seine Stiefschwester sorgen würde, solange sie ein braves Mädchen wäre. Und ich habe dir geglaubt!" Sie strich sich mit der anderen Hand durch die Haare. „Verdammt. Ich hätte auf meine Mutter hören sollen!"

„Deine Mutter war nur hinter dem verdammten Geld her!" rief Aiden frustriert.

In einer Bewegung sprang Reagan vom Sofa auf und ging zwei große Schritte auf ihren Bruder zu und schlug ihm ins Gesicht, sodass es einen roten Streifen auf seiner Wange hinterließ. „Wage es nicht, so über meiner Mutter zu sprechen!" knurrte sie und begann hin und her zu gehen.

„Als mir der Beweis, das notarisierte Testament, gezeigt wurde, wollte ich nichts lieber, als dich mit der Wahrheit konfrontieren." Sie peitschte umher und kniete sich vor ihn. Sie blinzelte, als sie in seine grünen Augen schaute. „Ach, Bruder, ich wusste, dass du ein gieriger Hurensohn warst, aber ich hätte nie im Leben gedacht, dass du so tief sinken würdest. Weißt du, als ich herausgefunden habe, dass es keinen Weg gab, das Testament zu korrigieren, kam Lucas auf diese brillante Idee." Sie stand auf und ging zurück zum Sofa, um Lucas auf den Mund zu küssen und sich neben ihn zu setzen.

„Als mir Lucas erklärte, dass er wusste, dass du mir immer noch nicht die Hälfte von dem geben würdest, was sie dir gezahlt hatten, bot er mir als Teil des Vertrags an, mich davon zu überzeugen, wie weit du gehen würdest. Natürlich machte ich mich darüber lustig. Er war doch verrückt, zu glauben, dass du so etwas tun würdest. Ich erklärte ihm in diesem Moment, dass es nicht funktionieren würde, weil, obwohl mein Bruder gierig war, er kein kranker Hurensohn war, der seine Schwester in einem Geschäft verkaufen und eine weitere Millionen für ihre Jungfräulichkeit kassieren würde!" Sie machte eine Pause, um zu atmen. „Verdammt, lag ich falsch!"

„Süße, beruhige dich." Lucas strich ihr übers Haar.

Aiden hob die Hand uns zeigte auf

sie beide. „Wie lange geht das schon vor sich? Hast du Reagan nicht erst vor ein paar Monaten getroffen?"

„Reagans Mutter hat uns einander vorgestellt, als Reagan noch siebzehn war. Wir haben unsere Beziehung sechs Monate nach dem Autounfall begonnen, als sie achtzehn war." Lucas lächelte und küsste Reagan auf die Stirn. „Sie ist das Beste, was mir je passiert ist."

Reagan konnte nicht anders und musste bei dem Blick im Gesicht ihres Bruders lachen. Totale Bestürzung. Sie stand schließlich auf und ging zur Minibar: „Bitte gib ihm alle saftigen Details."

Reagan schenkte sich selbst ein Glas Wasser ein und schaute schnell zu ihrem Bruder. Er verdiente all das, was sie mit ihm anstellen würden und noch viel mehr. Obwohl Aiden tatsächlich ihr einziges Familienmitglied war – jedenfalls auf dem Papier – war Lucas ihr Fels in der Brandung und das bereits seit vierzehn Monaten. Wenn er nicht gewesen wäre, wüsste sie nicht, wo sie geendet wäre.

9

Lucas kniete sich hin und hob seinen Kopf in Aidens Richtung. Mit einer tiefen, bedrohlichen Stimme sagte er: „Ich habe so lange auf diesen Tag gewartet, Aiden. Über ein verdammtes Jahr. Ich könnte deinen leblosen Körper auf die Pflastersteine der Einkaufszone in LA werfen und ungestraft davonkommen, du kranker Arsch." knurrte Lucas und starrte ihn ein letztes Mal scharf an. „Witzig ist, dass das deine Schwester nicht zulassen würde. Sie denkt, dich ohne einen Cent zurückzulassen, wäre Strafe genug. Auch wenn ich dem absolut nicht zustimme."

Lucas stand auf und atmete laut aus. Er starrte Aiden an und fragte sich, ob der Mann auch nur einen Funken Reue zeige. Er zweifelte daran. Dieses Verhalten lag in seiner Natur. Ein kranker, verdrehter Mann, der sich einen Scheiß um andere oder irgendetwas anderes als sich selbst kümmerte. Wenigstens hatte Lucas das Gefühl zur Ruhe zu kommen, da er wusste, dass es vorbei war und Reagan endlich in Sicherheit sein würde. Er setzte sich hin und schlug die Beine übereinander, um es sich bequem zu machen.

„Mein Vater Rex war unheimlich verliebt in Reagans Mutter. Er wusste, dass er sie nicht haben konnte, weil sie loyal war und deinen Vater geliebt hat. Als Carey einige Monate vor dem tragischen Unfall zu meinem Vater und mir kam, wusste sie, dass etwas nicht stimmte. Sie hatte absolut kein Vertrauen in dich und glaubte nicht, dass du dich um ihre Tochter kümmern würdest, wenn ihr etwas zustoßen sollte. Selbst nachdem dein Vater, Sean, ihr versichert hatte, dass Reagan gut versorgt sein würde. Leider hatte Herr Lynch das abweichende Verhalten seines Sohnes nicht erkannt. Lucas machte eine Pause und schüttelte seinen Kopf. „Liebe ist so blind."

Aiden zischte Lucas entgegen: „Fick dich."

Lucas ignorierte ihn und nahm das Glas, das Reagan ihm angeboten hatte und sah ihr dabei zu, wie sie sich neben ihn setzte. „Carey war sich sehr wohl bewusst, dass dein Vater sein Testament geändert hatte, um Reagan miteinzubeziehen. Und ich hatte diese Informationen mit Reagan geteilt, kurz nachdem du die Person, die du beschützen solltest, so extrem hintergangen hast. Aber so lieb, wie Reagan nun mal ist, wollte sie die Zweifel erst aus dem Weg räumen. Sehen was passieren würde."

Reagan trank einen Schluck und starrte ihren Bruder über den Rand des Glases hinweg an und sagte dann: „Wir haben zugeschaut und während wir gewartet haben, haben wir uns ineinander verliebt."

„Du hast es seit mehr als einem Jahr gewusst und nichts getan?" fragte Aiden und hob eine Augenbraue an.

„Ja, Aiden. Das nennt man Geduld. Etwas, was du niemals haben wirst." Lucas zwinkerte. „Wir wussten, dass es nur eine Frage der Zeit sein würde, bis du das Geschäft ruinieren würdest. Als du das erreicht hattest, lag es bei meinem Vater und mir, dir ein Kaufgeschäft anzubieten, dass du nicht ablehnen konntest."

Lucas stand auf und trat hinter das Sofa. Er griff nach unten und begann, Reagans Schultern zu massieren und sagte: „Aber als du deine Zustimmung gegeben hast, Reagan als Geschenk mit in den Vertrag aufzunehmen und sogar ihre Jungfräulichkeit angeboten hattest, war ich geschockt. Heilige Scheiße!" Er lächelte und kicherte. „Als ich es ihr erzählt habe, wollte sie mir erst nicht glauben. Ich denke, dass es aus lauter Schock war und die Tatsache, zu akzeptieren, dass der eigene Bruder ein wertloses Stück Scheiße war. Aber dann hat sie es schließlich eingesehen und zugestimmt, die ganze Sache durchzuziehen. Einfach nur, um zu sehen, wie pathetisch du warst und ob du es tatsächlich machen würdest."

„Fick dich! Du bist der Kranke, der

mit einer Minderjährigen ausgeht und sie fickt." platzte es aus ihm heraus.

Reagan stand auf und legte eine Hand an Lucas Arm. „Darf ich?"

„Natürlich. Er gehört dir." sagte er und setzte sich wieder hin.

～

„Herr Gott, du bist verdammt ignorant für jemanden, der das Imperium unseres Vaters führen sollte. Rechtlich gesehen bin ich, seit ich achtzehn geworden bin, eine Erwachsene."

„Letzte Nacht war also nur ein Schauspiel?"

„Nicht alles davon. Ich war noch Jungfrau. Lucas war das letzte Jahr über sehr geduldig gewesen, aber ich habe dem Plan zugestimmt und ich habe es ihm erlaubt, dass er mich letzte Nacht zum ersten Mal fickt. Ich mag es etwas wilder." sagte sie.

„Aber er hat dich vergewaltigt, Reagan." Der Blick aus Angst in seinem Gesicht war unbezahlbar. Sie konnte nicht glauben, dass er versuchte, als der Gute dastehen zu wollen. Sie atmete aus und rieb sich ihren Nacken. „Meinst du das verdammt nochmal ernst? Er hat mich nicht vergewaltigt. Es war alles ein gut vorbereiteter Plan und die Tatsache, dass du in deinem Zimmer gesessen und zugeschaut hast, es angestachelt hast und dir dabei einen runter geholt hast ist einfach nur krank. Du bist das Allerletzte!"

Aiden spielte mit seinen Händen und sah dann wieder zu Reagan. „Hör zu, ich bin schuldig, aber ich habe nicht zugeschaut oder mir einen runtergeholt. Ich weiß nicht, wovon du da verdammt nochmal sprichst?!"

Reagan sah zu Lucas und sagte: „Es steht mir mittlerweile bis zum Hals." Lucas nickte und Reagan gab Frankie ein Zeichen. Er zog Aiden am Kragen hoch und setzte ihn auf einen anderen Stuhl, an den er ihn mit Handschellen fesselte, damit er sich nicht bewegen konnte. Dann zog er eine Fernbedienung aus seiner Tasche und drückte auf einen Knopf. Der Flachbildschirm vor ihnen ging an. Auf dem Bildschirm war nur Schnee zu sehen.

„Ist das dein letztes Wort, Aiden?" fragte sie noch einmal. Er sagte kein Wort und schaute einfach nur schockiert auf den Bildschirm. Einen Moment danach sahen sie eine Frau eintreten.

Ihre langen, seidig schwarzen Haare wallten hinter ihr her. Sie trug einen schwarzen Trenchcoat und zehn Zentimeter hohe Pumps.

Reagan konnte ihr Grinsen nicht

zurückhalten und sah dabei zu, wie sich der Horror im Gesicht ihres Bruders aufbaute. „Wer zum Teufel ist das? Was geht hier vor sich?"

„Spielen wir ein Spiel, Aiden. Du wolltest, dabei zusehen, wie ich von Lucas vergewaltigt werde. Wolltest dir einen runterholen. Wie wäre es, wenn wir Lasinda dabei zusehen, wie sie mit dir ein wenig Spaß hat?"

10

Vor einem Jahr

Reagan wachte wieder von einem Alptraum auf. Sie keuchte und versuchte, sich zu fangen. Alles, was sie sehen konnte, war das Auto ihrer Eltern, das über die Klippe stürzte und die verzerrten Gesichter, die durch die Scheibe um Hilfe schreiend zu sehen waren. Ihre langen blonden Haare waren feucht und Strähnen klebten an den Seiten ihres Gesichts. Sie wollte sich beruhigen, und atmete tief ein, genauso wie es Lucas ihr gezeigt hatte.

Sie sah zu Lucas, der schlafend im Stuhl neben ihrem Bett lag. Er sah so friedlich aus. Die Art und Weise wie sein Arm in ihre Richtung ausgestreckt war, erinnerte sie an den Schutz, den er ihrer Mutter und Reagan versprochen hatte. Das Versprechen, sie immer in Sicherheit zu wahren und nie alleine zu lassen. Sie fasste sich an ihren Kopf und konnte die Beule spüren, die beträchtlich gewachsen war.

Früher am Morgen waren sie ausgeritten. Ihr Pferd hatte gescheut und sie heftig abgeworfen, was diese schöne Beule an ihrem Kopf verursachte. Als Lucas versucht hatte, zu ihr zu gelangen, rutschte er im Schlamm aus und wurde dreckig. Reagan liebte die Vollblüter, die Lucas auf seinem Privatgrundstück außerhalb von La Jolla hatte. Unter der Woche war es eine gute Freizeitbeschäftigung mit

Lucas, während ihr Bruder dachte, sie wäre auf dem College oder mit Freunden unterwegs. Sie kam am Freitagmorgen immer nach Hause und spielte ihren Part und hoffte, dass dieser Alptraum bald vorbei sein würde.

Sie schlich sich aus dem Bett und stellte fest, wie schmutzig Lucas noch war. Er hatte offensichtlich nicht geduscht und seine Haare waren voller Schlamm. Sie trocknete sich ab und ließ für ihn ein Bad ein. Sie saß auf dem Wannenrand und ließ das Wasser über ihre Finger laufen, bis es die richtige Temperatur hatte. Dann hörte sie ihn.

„Reagan! Reagan!"

Sie rannte aus dem Badezimmer und sah wie er durch die Tür auf den Flur blickte. Seine Augen waren wild.

„Lucas, ich bin hier."

Er riss seinen Kopf in die Richtung

ihrer Stimme. Er kam mit riesigen Schritten auf sie zu und nahm dann ihr Gesicht in die Hände und küsste sie innig. Reagan wunderte sich darüber, wie besorgt er war.

„Oh Gott, Baby. Als ich aufgewacht bin und du weg warst, dachte ich, es wäre etwas passiert." Er klang besorgt und bevor sie den Blick in seinen Augen entschlüsseln konnte, zog er sie heftig an sich.

„Alles ist in Ordnung, Lucas. Es geht mir gut", murmelte sie und strich ihm über den Rücken und lehnte sich an ihn. Sie legte ihre Wange an seine Brust und er bückte sich leicht. Sein heißer Atem blies ihr durchs Haar.

Sie drückte ihn von sich und schaute zu ihm hoch. „Ich habe dir ein heißes Bad eingelassen." Sie versuchte, durch seine Haare zu streicheln, aber sie blieb hängen und lachte. „Du musst unbedingt baden." Sie sah wie er lächelte und sie dann wieder küsste. „Komm schon, Großer, ab in die Wanne." sagte sie, während sie den Wasserhahn zudrehte.

Einen Moment lang stand er nur da, atmete tief durch und starrte sie an. „Was?" fragte sie lächelnd.

„Mein Bademantel steht dir gut."

Sie sah die Besessenheit in seinen Augen und sie liebte es. Reagan gehörte ihm und zwar nur ihm. Während der letzten sechs Monate, nachdem sie ihre Eltern verloren hatte, war Lucas unaufhörlich für sie da gewesen. Am Anfang war er nur da, um nach ihr zu schauen, aber bald hatte es sich in Lust und Leidenschaft verwandelt. Ihre Gefühle waren so stark, dass sie es nicht leugnen konnte. Als sie vor einem Monat achtzehn wurde, konnten sie beide nicht mehr leugnen, dass die Chemie zwischen ihnen einfach perfekt war. Allerdings lehnte er es ab, mit ihr Sex zu haben, da er elf Jahre älter war und das sogar, obwohl sie nun erwachsen war.

Sie liebte es, wie respektvoll er war und es machte ihre Verbindung nur noch stärker. Aber es gab zweifellos nichts, was sie davon abhalten würde, ein wenig herumzuexperimentieren und Spaß zu haben.

„Komm schon. Rein da." sagte sie bestimmt.

„Normalerweise bade ich nicht."

Sie hob eine Augenbraue an. „Nun, heute schon." Reagan gab ihm keine Chance, zu protestieren und fuhr damit fort, ihn auszuziehen und murmelte vor sich hin, wie schmutzig er doch war. Sekunden später war er nackt und stieg in das heiße Wasser. Ein genussvolles Stöhnen entkam ihm, als er sich ihr voll und ganz hingab. Die flüssige Hitze umgab ihn und die starre Kontrolle, an die er normalerweise wie ein Ritter festhielt, ließ nach. Nachdem er sich für einige Augenblicke hingegeben hatte, richtete sich Lucas auf und Reagan grinste ihn an. Er erwiderte ihr Lächeln breit. Er konnte sich nicht daran erinnern, wann er sich das letzte Mal ohne Sex so gut gefühlt hatte.

Sie nahm die Seife und begann seine Brust einzuseifen, als er plötzlich ihre Hand festhielt und stoppte ihre Bewegung. „Ich kann das machen."

Sie stellte sich hin und stand mit geknickter Hüfte da. Sie zog ihre Augenbrauen runzelnd zusammen und verschränkte ihre Arme, als ob sie verärgert war. „Sie sind ein hoffnungsloser Fall, Herr Ferris." sagte sie mit einem Grinsen.

Er spürte einen merkwürdigen Knoten im Hals. Ihre grünbraunen Augen waren wie der Sommer, voller Versprechungen und Jugend. Als er sie anschaute, fühlte es sich so an, als ob sein dunkles unbezähmbares Herz in der Hoffnung und in dem Sonnenschein von dem badete, was den beiden bevorstand.

Er hatte sein Leben gelebt, indem er sich von Frauen gemäß seinem eigenen merkwürdigen Ehrgefühl immer das nahm, was er wollte und es hatte ihn auch stets befriedigt. Er hatte sich nie nach einem normalen Leben und einer solchen Liebe gesehnt, wonach die meisten Menschen suchten. Lucas hatte immer gewusst, dass das nichts für ihn war, aber in der kurzen Zeit mit Reagan... er wusste einfach, dass sie ihn verändert hatte. Er stellte nun fest, wie sehr er sie in seinem Leben brauchte und nicht nur im Bett.

Er fühlte sich plötzlich überwältigt, glücklich und voller Hoffnung auf das, was bevorstand. Die Möglichkeit, zu heiraten und Kinder zu haben. Sein gesamter Körper schmerzte, als er sich vorstellte, wie sie komplett nackt vor dem Kamin in seiner Hütte lag. Oh Gott, wie sehr er das wollte. Er wollte sie zum Lachen bringen und glücklich machen. So wie sie es verdient hatte. Er atmete tief ein, als ihm die Realität heftig entgegenschlug. Leider musste er diese Gedanken erstmal bei Seite schieben.

Er hatte Reagan erst letzte Woche erzählt, dass ihr Bruder das Testament seines Vaters manipuliert hatte. Zuerst wollte sie es nicht glauben. Sie lehnte die Vorstellung, dass ihr Bruder zu solch extremen Mitteln greifen könnte, komplett ab. Es hatte sie unglaublich aus der Ruhe gebracht. Sie liebte Aiden wie einen echten Bruder und konnte es nicht verkraften, dass er sie derart verraten würde. Lucas blieb letztlich keine Wahl und er erzählte ihr, was ihre Mutter, Carey, gefühlt hatte.

„Aber warum hatte sie mir nichts von ihrem Misstrauen erzählt?" schrie Reagan deutlich verzweifelt.

Lucas ergriff ihre zittrigen Hände und hielt sie fest. „Reagan, sie wollte nicht, dass du dir deswegen deinen Kopf zerbrichst. Aus diesem Grund bin ich in dein Leben getreten. Niemand konnte wirklich wissen, ob es das war, was er vorhatte und sie wusste, dass du Aiden wie dein eigenes Fleisch und Blut geliebt hast. Aber jetzt haben sich die Dinge geändert und ich bin hier, um dir diese Last abzunehmen und um es wieder gut zu machen. Ich habe dir und deiner Mutter geschworen, dass ich es nicht zulasse, dass er dir weh tut oder das nimmt, was dir rechtmäßig zusteht, und wenn ich ein Versprechen gebe, werde ich es verdammt nochmal auch halten." Er küsste sie auf ihren Kopf und von diesem Moment an war ihre Verbindung besiegelt, als ob sie schon immer füreinander bestimmt waren. Der Sinn und Zweck für ihr Leben.

Reagan brauchte eine Woche, um die Situation zu akzeptieren. Lucas konnte sehen, wie es sie härter machte. Sie hatte ein dickeres Fell bekommen und dann in der folgenden Woche kam sie zu Lucas und fragte: „Wie gehen wir vor?"

Lucas hatte ihr erklärt, dass sie sich gedulden und darauf warten müssten, bis Aiden einen Fehler machte. Sie wussten beide, dass er es irgendwann tun würde, aber sie wussten einfach nicht, wie lange es dauern würde und es brachte Lucas fast um, zu wissen, dass Reagan unter dem gleichen Dach mit diesem Schleimbeutel, der dieses Spiel spielte, leben musste. Die Vorstellung, dass sie als Ablenkung vor

Geschäftspartnern herumtanzte, trieb Lucas fast dazu, ihn gleich fertig machen zu wollen, aber Reagan hatte ihm versichert, dass sie es selbst schaffen würde.

Und das tat sie. Sie spielte ihren Part makellos.

11

Sechs Monate waren vergangen, seit Lucas Reagan darüber informiert hatte, wie abstoßend ihr Stiefbruder wirklich war. Nachdem die Zeit verstrichen war und sie ihn glauben ließ, dass sie sich nur auf ihn verlassen konnte, entwickelte sich sein wahres Ich langsam zu dem Monster, das er ihr und dem Rest ihrer Familie immer vorenthalten hatte.

Sie war so dankbar, dass ihre Mutter eine so gute Intuition hatte und ihre Vorahnung Aiden gegenüber hatte oder sie wäre wirklich im Arsch gewesen. Aber dank Carey traf sie Lucas. Reagan würde nicht alleine gelassen werden. Ihre Beziehung hatte sich langsam zu einer starken Verbindung entwickelt, die niemand kaputt machen konnte. Wie Lucas gesagt hatte „Geduld, Liebes, er wird abfucken. Es ist nur eine Frage der Zeit." Und er hatte so Recht.

Aiden hatte langsam aber sicher die schlechtesten Geschäfte abgeschlossen. Er kaufte Immobilien in Millionenhöhe auf, die nicht weiter rentabel sein konnten, und die er dann für erhebliche Verluste weiterverkaufen musste. Er gab mehr Geld aus, als er es sich leisten konnte. Sie wussten, dass es nicht mehr lange dauern würde, bis Lucas und Rex mit einem Buyout-Deal auf ihn zukommen würden, den er nicht ablehnen konnte.

Sie versuchte, nicht an Aiden zu

denken und dachte stattdessen darüber nach, wie sehr sie sich auf das bevorstehende Wochenende freute. Sie hatte es geschafft, Zeit mit Lucas in der Schweiz zu verbringen, obwohl sie ihrem Bruder gesagt hatte, dass sie bei Freundinnen bleiben würde. Sie packte den Rest ihrer Sachen, um sicherzustellen, dass am Morgen alles fertig war. Sie drehte sich um, als sie das Klopfen an ihrer Tür hörte und Aiden eintreten sah. Er sah verwirrt aus.

„Was zum Teufel ist das?" grummelte er und hob eine Augenbraue an. Er ging ein paar Schritte durch den Raum, um sich vor sie zu stellen.

Reagan legte das letzte Kleid in ihren Koffer und blieb stehen. „Ich gehe fürs Wochenende weg. Erinnerst du dich nicht?"

Sie sah wie er die Hand vors Gesicht schlug und dann den Kopf schüttelte. „Was mache ich bloß mit dir? Wie?" Er griff nach unten und grub durch die Kleidung, die ordentlich in ihrem Wochenendkoffer lag. „Du hast an diesem Wochenende schon andere Verpflichtungen, Schwesterchen." Seine Worte waren wie Gift.

Reagan versuchte, ihre zitternden Hände zu kontrollieren und versteckte sie schnell hinter ihrem Rücken. „Wovon redest du da?"

Aiden ergriff eine Haarsträhne und zog sie an seine Nase, um daran zu riechen. „Ich habe Herrn Whithmore versprochen, dass du das Wochenende mit ihm verbringen wirst und genau das wirst du."

Reagan stand da und starrte ihren Bruder schockiert an. „Meinst du das ernst? Er ist mindestens achtzig. Ich bin kein Spielzeug, das man einfach vermieten kann, wenn du es für notwendig hältst, Aiden. Ich bin deine

Schwester, verdammt!" Sie brodelte, als die Worte von ihrer Zunge rollten. Seine blauen Augen blitzten böse und alles, was sie sah, waren boshafte Edelsteine, die sie anstarrten. Sie wusste, dass sie ihn mit ihrem Trotz zum Überlaufen gebracht hatte. Aber verdammt, es reichte ihr.

Er hob seine Hand so schnell, dass sie es nicht einmal bemerkte. Seine Finger packten ihre Kehle, als er sie gegen die Wand drückte. Sie griff nach seinen Händen, aber er war viel stärker als sie. Reagans Kopf schlug fest gegen die Wand. Nur für eine Sekunde starrte er sie an, bevor er seine andere Hand hob und sie hart ins Gesicht schlug, sodass sie weiße Flecken sah.

„Die Dinge hier ändern sich, Schwesterchen." Seine Worte zogen „Schwesterchen" heraus, als ob er es nicht ernst meinte. „Wenn ich dich darum bitte, während eines Geschäftsmeetings deinen kleinen versauten Hintern zu schwingen, dann wirst du es tun. Wenn ich dich darum bitte, dich am Wochenende um einen Geschäftspartner zu kümmern, dann wirst du das ebenfalls tun." Er machte eine Pause und ließ ihren Hals los, dann umklammerte er ihr Kinn und hielt sein Gesicht nur wenige Zentimeter von ihrem entfernt. „Reagan, Baby, ich liebe dich. Du bist meine kleine Schwester. Ich würde dich nie in Gefahr bringen, aber du weißt, dass dies dem Familienunternehmen zugutekommt. Unserem Unternehmen", betonte er. Dann gab er ihr einen Kuss auf die Lippen. Aiden ließ sie endlich los und begann wegzugehen, als Reagan versuchte, die Kontrolle über ihren zitternden Körper zurückzugewinnen. Er schaute über seine Schulter und sagte: „Ich werde dieses

Wochenende absagen. Ich sag ihm, dass du krank bist, oder so etwas. Diesmal kommst du aus der Sache raus, Schwesterchen, aber nächstes Mal erwarte ich, dass du voll und ganz übereinstimmst."

Reagan starrte ungläubig, als sich die Tür hinter ihm schloss und dann sank sie auf den Boden und zog ihre Knie an ihre Brust. Sie weigerte sich, zu weinen. Er würde verdammt nochmal nicht gewinnen! Sie berührte ihre Wange, die jetzt pochte und stand einen Moment später auf. Sie machte den Reißverschluss an ihrem Koffer zu und flüsterte das Mantra: „Du bist stark. Du kannst das. Du wirst gewinnen."

Reagan kam kurz vor Mittag an diesem Samstag in Chatel an. Nachdem sie sich eingelebt hatte, machte sie sich eine heiße Schokolade und saß im Wohnzimmer und schaute fern, bis Lucas ankam. Er hatte ihr gesagt, dass er wegen der Arbeit etwas später kommen würde. Sie hatte unermüdlich versucht, die leichte Prellung, die sich auf ihrer rechten Wange gebildet hatte, mit Concealer zu verbergen, aber ohne Erfolg, man konnte es immer noch sehen.

Die Tür knallte zu und sie sah, wie Lucas über den Holzboden schritt und sie überwältigend umarmte. Er kuschelte sich an ihren Nacken und flüsterte: „Fuck, ich habe dich vermisst. Ich mag es nicht, dass du die ganze Woche nicht mehr bei mir bist." Er ließ sie los, damit er sie ansehen konnte. Sie versuchte, ein Lächeln zu erzwingen, aber stattdessen ließ sie den Kopf hängen und spürte, wie ihr Tränen in die Augen stiegen.

Lucas hob ihr Kinn sanft mit seinem Finger an und zwang sie, ihren Kopf zu drehen, damit er ihre Wange sehen konnte. Sie sah ihm in die Augen und sah die zwei Wirbel blauer Wut.

„Hey, mit mir ist alles in Ordnung." sagte sie beruhigend, „Es war nur ein Missverständnis."

Lucas fuhr sich mit der Hand durchs Haar und trat einen Schritt zurück. „Was zum Teufel, nichts ist in Ordnung. Ich schwöre, ich werde diesen kleinen Arsch töten, wenn er noch mal Hand an dir anlegt!" Reagan eilte zu ihm hinüber und packte ihn an der Taille und zog seine Brust gegen ihre. „Es ist schon bald vorbei. Er wird bekommen, was ihm zusteht", sagte sie und stellte sich auf die Zehenspitzen, um seinen Mund zu erreichen. Sie küsste ihn innig, genoss seine Wärme und ließ alles von sich abfallen. „Ich brauche dich, Lucas. Ich brauche dich jetzt."

Lucas runzelte die Stirn, sah auf sie herab und schüttelte dann den Kopf. „Wir haben gesagt, dass wir warten würden, Reagan."

„Ich weiß, das haben wir, aber ich kann nicht länger warten." antwortete sie fast schon flehend.

Er nahm ihr Gesicht in seine großen Hände. „Das kannst du, Reagan, und das werden wir", sagte er mit strengem Ton, „Bist du dir sicher, dass alles in Ordnung ist?"

„Mir geht es gut, Lucas." Sie ging weg und setzte sich auf die Couch.

„Lass mich schnell duschen und dann habe ich dir versprochen, dass wir einkaufen gehen." Er lächelte und ging die Wendeltreppe zum ersten Stock hinauf.

Sie starrte auf den Bildschirm und dachte an ihre letzte Begegnung. Es war so intensiv, dass sie beim bloßen Gedanken daran ein Kribbeln spürte. Er hatte sie geküsst und sie im Freien und am helllichten Tag gestreichelt, als sie ein privates Picknick gemacht hatten. Jeder hätte sie sehen können. Sie stellte sich den einen Mann vor, der sie entdeckt hatte und dann einfach nur dasaß und Lucas beobachtete, wie er sie zum Orgasmus brachte. Sie konnte nicht anders, als sich vorzustellen, wie der Mann einen Harten bekam, während er ihrem Keuchen lauscht, als Lucas sie leckte. Der Gedanke erregte sie und verstärkte die Empfindungen, die sie durchströmten.

Reagan hätte nie gedacht, dass es sie so anmachen würde, beobachtet zu werden, und es offen und laut genießen könnte, in aller Öffentlichkeit geleckt zu werden. Als Lucas sie gnadenlos angemacht hatte, und sie so sehr geneckt hatte, dass sie ihn anflehte, ihre Fotze zu lecken, war sie nicht in der Lage gewesen, ihr lautes Stöhnen zu kontrollieren, obwohl sie wusste, dass der Mann sie beobachtete und sie hören konnte. Der Orgasmus, der folgte, war so intensiv, dass sie dachte, dass sie für einige Minuten das Bewusstsein verloren hätte, denn als sie zu sich kam, war sie auf den Knien und Lucas fickte ihren Mund wie ein Verrückter. Sie erinnerte sich an ihr erstes Vorspiel. Es war beängstigend. Sein riesiger, pochender Schwanz schnitt ihr immer wieder den Atem ab. Aber sie fand schnell heraus, dass es ihr gefiel. Sogar so sehr, dass sie sich danach sehnte. Sie hatte bei Lucas das Gefühl, dass der sexuelle Teil ihres Wesens aufblühte und er nährte sich langsam der Blüte. Sie genoss den maskulinen, männlichen Geschmack von ihm und die Kraft, die sie durch seine Stöße erlebte.

Sie schüttelte ihren Kopf und riss sich so aus ihren eigenen Träumereien, genau in dem Moment als sie Lucas die Treppe hinunterlaufen hörte. Oh Gott, mach dich auf etwas gefasst, Mädchen.

12

Nach drei Stunden Shoppen taten Reagan die Füße weh. Sie saß mit Lucas auf der Veranda eines malerischen und bunten, kleinen Cafés. Es hieß Confiserie Beschle an der Aeshenvorstadt. Sie hatte keine Ahnung wie man es aussprach, aber ihr Espresso war perfekt und ihre Teilchen würden eine doppelte Trainingseinheit verlangen.

„Hast du dir das mit Aiden nochmal überlegt?"

Lucas trank einen Schluck von seinem Kaffee, bevor er sich hinsetzte und sie nachdenklich ansah. Sie wusste, dass es ihm im Kopf rumschwirrte, aber er war sich einfach nicht sicher. Er hatte seine Bedenken geäußert, dass Aiden, da er so ein kranker Hurensohn war, sich an ihnen rächen könnte. „Hast du dir mal überlegt, dass sich dieser kranke Bastard bei der ganzen Sache wahrscheinlich sogar noch einen runterholt?"

„Habe ich", seufzte sie, „Besonders weil Aiden derjenige war, der mir dich angeboten hatte. Das hat mich wahnsinnig gemacht und es ist schrecklich, aber wie weit würde er wirklich gehen?" So übel ihr bei dem Gedanken auch wurde, sie musste es herausfinden. Lucas hatte einen Plan, der ihn praktisch mittellos machen würde und Reagan musste sich sicher sein, dass er es wirklich verdient hatte.

„Okay", antwortete Lucas traurig. Sie vermutete, dass er niedergeschlagen war, weil sein Instinkt bei Aiden bisher immer richtig gelegen hatte. Er war sich sicher, dass Aiden allem zustimmen würde, was er wollte, solange dabei genug Geld für ihn heraussprang. „Du erarbeitest die Einzelheiten und ich setze den Vertrag auf."

„Stört es dich? Ich meine, es so zum ersten Mal zu tun?"

Er sah nachdenklich aus, als er noch einen Schluck trank. Dann blickte er tief in ihre Augen und sagte: „Du weißt, wie sehr ich mich nach dir sehne. Ich kann es nicht abwarten, endlich in dir zu sein. Es ist wie mein eigener, privater Himmel. Aber so wie du über die Vorgehensweise sprichst...weißt du, wenn es nur dich geben würde und ich es so haben könnte, wie und wo du es willst. Aber bei der Vorstellung, dass er zuschaut… wird mir schlecht."

Er ergriff ihre Hand. „Ich weiß. Mir auch. Aber es gibt immer noch die Hoffnung, dass es nur sein Herz ist, das schwarz ist und nicht seine Seele. Es ist möglich, dass er nein sagt und ich werde es nicht wissen, bevor es vorbei ist."

Lucas drehte seine Hand, um ihre zu drücken. Sein intensiv blauer Blick durchbohrte sie und drückte Sorge aus. Da sagte er: „Ich glaube kaum, dass da überhaupt eine Chance besteht. Ich halte ihn für den Teufel in Person. Es gibt für ihn keine Grenzen, um zu bekommen, was er will, und er hat auch kein Gewissen."

Reagan zuckte bei Lucas' Worten zusammen. Sie wusste, dass er wahrscheinlich Recht hatte, besonders wenn man die letzten sechs Monate bedenkt. Aber es blieb ein letzter

Hauch Hoffnung. Sie war mit Aiden groß geworden und hatte ihn vergöttert. Wie konnte es einem Mann, der sie kannte und der sie angeblich seit der Kindheit liebgehabt hatte, überhaupt in den Sinn kommen, sie an jemandem zu übergeben, damit sie vergewaltigt und von einem Mann, den sie nicht wirklich kannte, als Spielzeug benutzt wird? Sie konnte es einfach nicht glauben. Sie wollte es vor allen Dingen nicht wahrhaben, dass er sich beim Zuschauen auch noch einen runterholen würde. Allerdings konnte sie es sich irgendwie ganz tief im Innern doch vorstellen oder sie hätte gar nicht erst damit angefangen einen ‚Test' für ihn zu formulieren. Sie war nicht sonderlich religiös, aber jeden Abend betete sie, dass sie und Lucas und sogar ihre Mutter falsch lagen. Sie konnte damit umgehen, dass er gierig und ein schlechter Geschäftsmann war… aber dass er so fies war, war an sich eigentlich eine andere Sache.

Reagan erinnerte sich daran, dass das hier ihr Urlaub war und sie verschwendete viel zu viel Zeit damit, über Aiden nachzudenken. Sie zog die Linien in Lucas' Handfläche nach und flüsterte mit einem verruchten kleinen Lächeln: „Hast du etwas von einem Whirlpool auf dem Balkon gesagt?"

Lucas gesamte Miene änderte sich. Er lächelte auch sie verrucht an. „Das habe ich."

~

Eine Stunde später ging Reagan nach draußen auf den privaten Balkon. Sie trug einen weißen Bikini-Häkelbadeanzug. Die kleinen weißen dreieckigen Schalen bedeckten ihre Brüste und die Umrisse ihrer Nippel schimmerten durch den dünnen Stoff. Die V-förmige Hose saß hoch und betonte ihre kurvige Hüfte und weichen Schenkel. Lucas stand an der Bar und mixte einen Drink. Als er sich umdrehte und einen Blick von ihr erhaschte, fielen ihm fast die Gläser aus den Händen.

„Gott, Mädchen, ich kriege wegen dir noch einen Herzinfarkt."

Reagan lachte. „Dir gefällt der neue Badeanzug?"

Lucas schluckte. „Oh Gott, ja."

„Danke", sagte sie mit einem Grinsen, „Ich mag dein Outfit auch."

Lucas trug blaue Bade-Shorts und hatte sich sein T-Shirt ausgezogen, bevor Reagan rausgekommen war. Er trainierte gerne. Er tat es nicht so sehr für den stählernen Körper als für die innere Ruhe, die es ihm gab. Der stählerne Körper war aber ein Bonus, dachte er, wenn er so den Blick einer sexy Neunzehnjährigen auf sich ziehen konnte, als wäre er etwas, das sie verschlingen wollte. Lucas gab ihr das Sprudelwasser, das sie bestellt hatte, und fragte: „Sollen wir?"

Sie trank einen Schluck und lächelte: „Ja."

Lucas legte seine freie Hand auf ihren nackten Rücken, als sie zum Whirlpool gingen. Er benutzte seine Hand, um sie auf die erste Stufe zu führen, und als sie dann im Wasser war, kam er hinter ihr her. Reagan nahm auf der Bank Platz, die sich am inneren Rand der Wanne entlang zog. Lucas ließ sich neben ihr nieder. Das warme Wasser und die Luftblasen fühlten sich wundervoll an. Als Reagan sich an ihn kuschelte, wurden seine Sinne zudem vom weichen Lavendelduft erfüllt. Er legte seinen Arm um sie und für eine Minute saßen beide einfach nur da, entspannten sich, genossen es, zusammen zu sein, und vergaßen alle weltlichen Sorgen.

Als Lucas ausgetrunken hatte, stellte er das Glas auf dem Wannenrand ab. Reagan zog sich von ihm weg und stand auf, um auch ihres abzustellen. Dabei beugte sie sich über ihn. Es war an sich eine unschuldige Geste, aber Lucas' Hose beulte fast schon unmittelbar aus. Ihr Bikini war nicht durchsichtig, aber ihre Brustwarzen waren wegen der Kälte hart und deutlich zu erkennen. Er konnte sogar die kleinen Beulen auf ihren Brustwarzen sehen. Er leckte seine Lippen, während er sich vorstellte, die Nippel in seinen Mund zu saugen. Dann wanderte sein Blick nach unten an die Stelle, wo sich ihre langen, sexy Beine trafen.

Der Bikini hatte sich an ihre

Schenkelinnenseite angelegt, als er nass wurde, und so fast jeden Zentimeter ihrer glatten, rasierten Muschi entblößt. Sie stellte das Glas ab und tauchte dann wieder ins Wasser. Lucas legte seinen Arm um sie und zog sie an sich. Dann gab er ihr einen langen und leidenschaftlichen Kuss. Ihre harten Nippel waren an ihn gepresst und er zog sie immer enger an sich, während ihre Zungen gegenseitig ihre Münder erkundeten. Sie genoss es, wie er sich durch den weichen Stoff an seiner nackten Haut anfühlte.

Als sie sich küssten, fanden seine Finger das Band, das um ihren Hals gebunden war und er zog daran. Er hörte, wie sie einatmete, als er das andere Band fand und dasselbe tat. Sobald das Oberteil zwischen ihnen war, streckte er die Hand aus und zog das kleine Stück Stoff heraus, um es raus zu werfen. Er entzog sich dem Kuss und sah ihr in die Augen, als sie nach Luft schnappte und keuchte. Er fing an, einen ihrer Nippel zu streicheln.

Sie zitterte, als er mit den Fingerspitzen an den Seiten ihrer Brüste rieb und mit den harten Nippeln spielte. Sie spürte seinen Mund an den geschwollenen Gipfeln, stöhnte und lehnte sich zurück.

Sein Mund bewegte sich über ihre Brüste und sandte Feuerstrahlen durch ihre Adern.

Er nahm sich Zeit und küsste jeden Quadratzentimeter ihres Körpers, langsam und quälend. Mit jedem Zungenschlag machte er sie noch rasender.

Sie versuchte, ihn zu berühren. Reagan sehnte sich danach, seinen pochenden Schwanz in der Hand zu halten. Sie wollte ihn ganz in den Mund nehmen und sie wollte, dass er tief in ihrer Kehle abspritzte. Aber er ließ es nicht zu. Als sie sich nach ihm ausstreckte, zog er sich zurück. Als sie ihn bat, ihm einen zu blasen, sagte er nein. Er gab ihr alles , benutzte seinen Körper und murmelte leise Worte, ohne etwas im Gegenzug zu verlangen.

„Lehn dich an mich." Seine Stimme war tief und gebieterisch und sie tat genau das, was er wollte. Er hatte eine Hand auf ihrem oberen Rücken und die andere unter ihrem Arsch und drückte die unglaublich sexy Pobacken. Er hielt sie für ein paar Sekunden dort, nur um ihren unglaublichen Körper zu sehen. Er genoss es, ihre vollen Brüste, die großen, dunkelroten Brustwarzen und den flachen Bauch zu sehen. Er sah auch den Stoffstreifen, der zur Seite geschoben worden war, sodass eine ihrer nassen, geschwollenen Schamlippen zu sehen war. Sie ließ ein kleines überraschtes

Quietschen raus, als er sie aus dem Wasser hob und sie auf den Boden neben dem Whirlpool legte.

Als er ihre Beine auseinanderdrückte, krümmte sie sich unter ihm und keuchte vor Verlangen. Er senkte seinen Körper, bis sein Gesicht zwischen ihren Schenkeln vergraben war.

„Oh mein Gott, Lucas. Ja..."

Er legte seinen ganzen Mund über den glatten Hügel und leckte sie mit seiner Zunge. Reagans Körper zitterte, als er an der babyweichen Haut ihrer Schenkelinnenseiten saugte und ihre Schamlippen mit der nassen Zungenspitze kitzelte. Ihre Nässe floss aus ihrer Muschi zwischen ihre Pobacken. Lucas machte leise Geräusche, als er ihre Säfte leckte, von ihr trank und fast darin ertrank.

„Ich mag es, wie du schmeckst, Reagan. Ich will dich stundenlang lecken."

Ihr ganzer Körper vibrierte vor Verlangen, als er mit ihr spielte und sie überall küsste. Er ließ allerdings die Stelle aus, an der sie verzweifelt seinen Mund haben wollte. Sie bewegte ihre Hüfte in die Richtung und versuchte so den Kontakt herzustellen, den sie brauchte. Sie war so sehr erregt, dass sie sich komplett gehen ließ, als er schließlich seine Zunge zwischen ihre nassen Lippen gleiten ließ. Er blieb bei ihr, bis der Orgasmus nachließ und seine Zunge flach an ihr lag. Er grunzte gegen ihr dampfendes Fleisch und drückte ihre Schenkel mit seinen Händen zusammen. Sobald ihre Erregung nachließ, trieb er sie sofort wieder an die Spitze. Und nochmal. Immer wieder ließ er sie kommen, bis sie es nicht mehr aushalten konnte und sie ihn bat, aufzuhören.

Er hob den Kopf und lächelte sie an. Der Sturm in seinen Augen war verzogen. Die Spannung, die immer in seinem Gesicht lauerte, hatte sich aufgelöst. Alles, was übrigblieb, war eine Art ruhige Essenz, eine Destillation von Lucas. Es war, als ob sie nun endlich durch den Nebel blicken und ihn sehen konnte.

Als er zu ihr hochkam und ihren schlaffen Körper in seine Arme nahm, seufzte Reagan erschöpft und zitternd. Man konnte nicht falsch liegen – Lucas liebte sie. Seine Gefühle konnte man klar und deutlich sehen. Als er sie berührte, schickten seine Finger Stürme der Gefühle über ihre Haut. Sein zärtliches, selbstloses Vorspiel machte diese Stürme wilder, bis seine Liebe in ihr Inneres und in ihr Herz eingewebt war. Sie konnte es mit jedem Atemzug und jedem Herzschlag spüren. Und es schien all den Selbsthass, die Scham und die Schuld, die sich in ihr festgesetzt hatten, zu besänftigen. Dieser Mann liebte sie.

Sie fühlte sich friedlich, als sie ihre Augen schloss und sich einfach nur fallen ließ.

13

Als Lucas und Reagan aus der Schweiz zurückkamen, fand sie jede Aufgabe um die sie Aiden „bat" umso geschmackloser und schwerer. Zum Glück hatte er sie nicht gebeten, noch einmal mit irgendeinem der Klienten allein zu sein... allerdings hatte sie doch bemerkt, dass sich etwas an der Art, wie er sie ansah, geändert hatte. Es schien als hätte er plötzlich gemerkt, dass es nicht ausreiche, sie als Appetithäppchen vor seinen Geschäftsinteressen hinzusetzen. Er bekam sie so zwar an den Haken, aber er konnte sie nicht lange halten. Reagan bemerkte, dass er sie manchmal beobachtete und sie konnte fast sehen, wie sich dabei die Räder in seinem Kopf drehten. Die Vorstellung, dass ihr eigener Bruder sie vielleicht an jemanden verkaufen könnte, reichte aus, dass ihr schlecht wurde. Ohne die heimlichen Momente mit Lucas, wäre sie wahrscheinlich durchgedreht.

Jeden freien Moment, in dem Aiden nicht über ihr schwebte oder sie zu einem Treffen bestellte, damit alte, reiche Männer etwas zum Anschauen hatten, arbeitete sie an ihren eigenen Plänen. Als sie die Idee zum ersten Mal vorbrachte, dass Lucas Aiden sagen könnte, Reagan für vierundzwanzig Stunden haben zu wollen, hatte er sich dagegen gesträubt. Er wollte es nicht tun. Aber jedes Mal, wenn sie darüber redeten, was Aiden von ihr erwartete und sich jede Aufgabe mehr darauf konzentrierte, sie offensichtlich zu prostituieren, gewann Lucas mehr Gefallen an dieser Idee.

Lucas hatte ihr klar werden lassen, dass sie es liebte, beherrscht zu werden. Und so sehr sie die Vorstellung anwiderte und es ihr Angst machte, dass sie praktisch von einem Fremden, den Aiden ihr geben könnte, vergewaltigt und entjungfert werden könnte… machte sie die Vorstellung von einem Rollenspiel mit Lucas an. Sie lag manchmal sogar nachts im Bett, dachte darüber nach und befriedigte sich selbst, oder sie sprach mit Lucas am Telefon darüber und während sie die Einzelheiten von Aidens Verschwinden planten, gingen sie schnell zu heißem und geilem Telefonsex über.

Es war geil und Reagan liebte es, und sie merkte, wie die Geduld, die die beiden bis jetzt gezeigt hatten, mit jedem Tag kleiner wurde. Sie wollte wirklich mit Lucas zusammen sein und ihn sehen, wann immer sie wollte. Sie hasste Heimlichtuereien, und sie hasste es, dass Aiden ihr Leben kontrollierte.

Es war ein Dienstagabend, an dem Aiden sie „versehentlich" dazu veranlasst hatte, eine Besprechung im Büro zwischen ihm und Lucas' Vater Rex zu unterbrechen. Lucas rief sie an und sagte: „Ich treffe mich morgen mit Aiden zum Mittagessen im Haus. Vater und ich haben uns endlich die Zahlen angeschaut, aber ich habe ihm gesagt, dass ich mich irgendwo privat treffen wolle, um weiter über den „Bonus" zu sprechen."

Reagan war wegen des Geschäfts sehr deprimiert. Es war etwas, auf das ihr Stiefvater so stolz gewesen war und das aus gutem Grund. Er hatte es von Grund auf aufgebaut und die Absicht gehabt, dass es seine Kinder und Enkelkinder in den kommenden Jahrzehnten weiterführen würden. Und wenn er von Kindern sprach, hatte er auch Reagan gemeint, und es machte sie glücklich, das zu wissen. Aber wenn das Geschäft verkauft werden musste, wäre sie froh, wenn Lucas und sein Vater ihre Partner sein würden. Sie waren beide brillante, gutherzige Männer und sie wusste, dass sie ihr helfen würden, es wieder aufleben zu lassen.

Reagan seufzte, da sie wusste, dass es fast vorbei war. Sie würde bald wissen, ob Aiden der Teufel selbst oder der Bruder war, den sie immer geliebt hatte. Vielleicht war er nur für eine Weile vom richtigen Weg abgekommen und hatte die Dinge zu weit getrieben. Was Lucas vorschlug, würde die meisten Brüder zum Explodieren bringen. Es könnte einen „normalen" Bruder sogar in eine mörderische Wut versetzen. Reagan machte sich keine Sorgen über Lucas wegen der verpassten Chance. Sie wusste, dass er das Ganze selbst im Griff hatte. Sie hoffte nur, dass Aiden in diese Richtung ging und nicht in die andere.

Als sie am Mittwochmorgen aus ihrem Zimmer zum Frühstück kam, fand sie Aiden in der Frühstücksecke vor, wie er an seinem Kaffee nippte und die Zeitung las. Er sah zu ihr auf, als sie ins Zimmer kam und lächelte... und dann wanderte sein Blick über ihren Körper, langsam, als ob er sie sich ohne Jeans und Bluse vorstellte. Reagan wandte ihm ihren Rücken zu, um sich ihren Kaffee einzuschenken, aber sie konnte den Schauder, der über ihren Rücken lief, nicht unterdrücken. Sie hatte Aiden schon ein oder zwei Mal dabei ertappt, wie er sie ansah, aber sie hatte sich selbst davon überzeugt, dass er an etwas anderes dachte und sie gerade zufällig im Blick war. Es machte sie rasend, sich vorzustellen, dass er daran dachte, sie zu berühren oder ihr etwas anzutun. Wer ist dieser Mann und wie konnte er sein wahres Gesicht so lange verbergen?

Als sie ihren Kaffee getrunken hatte, hatte sie sich wieder gefasst, und war stark genug zum Tisch zu gehen und sich mit einem Lächeln auf dem Gesicht ihrem Bruder gegenüber hinzusetzen.

„Guten Morgen." Sie schaute aus dem großen Fenster neben dem Tisch und sagte: „Es ist ein wunderschöner Tag."

„Ja, ist es", lächelte Aiden und zog

seine Zunge über seine Unterlippe. Reagan biss sich beinahe angewidert auf die Lippe, aber sie fing sich und hielt das Lächeln bei. „Warum verbringst du nicht ein wenig Zeit im Garten und genießt es?"

Sie trank einen Schluck Kaffee und versuchte überrascht zu wirken, als sie fragte: „Du brauchst mich heute nicht im Büro?"

„Ich gehe heute nicht ins Büro."

Reagan nahm seinen Anzug, seine Krawatte und den Aktenkoffer, den er immer zur Arbeit mitbrachte, während er am Tresen neben dem Tisch saß und fragte: „Oh, nimmst du dir einen Tag frei?"

„Nein. Und du auch nicht. Ich möchte dich außer Sichtweite haben, es sei denn ich rufe dich, aber geh nicht weit, falls ich dich brauche. Ich treffe mich wieder mit Lucas Ferris, dieses Mal nur er und ich. Er hat um dieses private Treffen gebeten, und ich habe das Gefühl, dass er mir einen Deal anbieten wird, den ich nicht ablehnen kann. "

„Nun, das ist gut. Was für ein Geschäft ist das?"

Aiden sah sie verachtend an. „Es ist komplizierter Geschäftskram, den du nie verstehen wirst."

Reagan verdrehte fast ihre Augen. Das letzte Jahr über hatte Lucas ihr beigebracht, wie das Geschäft läuft und wie sie Verträge zu verstehen habe. Er wollte, dass sie nie wieder so ausgenutzt werden würde, wie es Aiden mit dem Testament seines Vaters getan hatte. Außerdem würde sie die alleinige Verantwortung über die Familiengeschäfte übernehmen, wenn ihr Plan so ausfiel, wie es Lucas erahnte und wie es Reagan hoffte, dass es das nicht würde.

„Okay", bestätigte sie nickend und

mit einem süßen, ahnungslosen Lächeln, wie sie hoffte, „Es wird schön sein, heute etwas Zeit draußen in der Sonne zu verbringen."

Nach dem Frühstück zog sich Reagan Shorts und ein T-Shirt an und ging in den Rosengarten hinter dem Anwesen. Sie hatte ihren iPod dabei und einen großen, geschwungenen Hut sowie Gartenhandschuhe. Sie ging in den Werkzeugschuppen, nahm eine Kiste mit Gartengeräten heraus und machte sich auf den Weg, der sie inmitten einer Art Märchen führte. Am Wegesrand schlangen sich bunte Rosenbüsche entlang. Sie verbrachte die erste Stunde damit, die Büsche zurückzuschneiden und gerade als sie ihre erste Wasserpause einlegte, merkte sie, dass sie männliche Stimmen hören konnte. Sie warf einen Blick hinter die Villa und sah, dass die Glasschiebetüren zwischen der Veranda und dem Wohnzimmer geöffnet waren. Der Vorhang war geschlossen und direkt dahinter konnte sie eine große, wohlgeformte Silhouette erkennen. Es war Lucas und alleine der Anblick seines Schattens ließ sie schlucken. Er musste Aiden gebeten haben, die Glastüren aufzumachen oder er hat sie selbst aufgemacht, damit Reagan hören konnte, was gesagt wurde. Obwohl sie die Worte nicht ausmachen konnte, sagten ihr der Klang und der Ton ihrer Stimmen, dass sie eine Meinungsverschiedenheit hatten. Sie fragte sich, ob Lucas ihm etwas von dem Plan gesagt hatte. Aidens Stimme war hoch und angespannt, weil es ihn anwiderte. Sie hoffte, dass das der Fall war.

Sie ließ ihre Sachen liegen und ging leise wieder in Richtung des Hauses. Sie blieb wie angewurzelt stehen, als das Handy, das sie überall hin mitnahm, weil Aiden darauf bestand und für den Fall, dass er sie brauchte, vibrierte. Sie schaute auf den Bildschirm und sah, dass er ihr eine SMS geschickt hatte: „Geh durch die Eingangstür und zieh den weißen Bikini an…schnell. Geh auf deinem Weg zum Pool dann durch das Hauptwohnzimmer. Zieh dir nichts drüber."

Sie spitzte ihre Lippen. Es klang nicht so, als würde Aiden sich gegen das, was Lucas vorschlug, sträuben. Es klang, als befürwortete er es. Sie nahm den Hut ab und zog die Handschuhe aus, ließ sie neben der Veranda zurück und ging durch den Vordereingang rein. Lucas' Leibwächter Frankie war an der Eingangstür. Er zwinkerte ihr zu, als sie an ihm vorbeiging und sie lächelte ihm entgegen. Frankie war die einzige lebendige Seele neben ihr und Lucas, die von ihrem letzten gemeinsamen Jahr und von dem, was sie für heute geplant hatten, wusste.

Sie ging hoch, zog sich schnell den winzigen Bikini an und griff dann nach einem flauschigen, weißen Handtuch. Sie ging die Treppe hinunter und sobald sie in der Nähe des Wohnzimmers war, hörte sie die Stimme ihres Bruders: „Habe ich erwähnt, dass ihre Titten wie..." Was zum Teufel? Sie trat ins Wohnzimmer und Lucas und Aiden hörten beide auf, zu sprechen. Aiden lächelte sie mit einem lüsternen Grinsen an, das ihr unter die Haut ging. Sie zwang sich ein Lächeln heraus und schaute dann zu Lucas. Er lächelte auch, aber seine Augen taten ihr Bestes, um die Kälte zu ersetzen, die durch ihre Adern geflossen war, als ihr Bruder über ihre Titten sprach.

Sie lächelte Lucas freundlich an und eilte verzweifelt an ihnen vorbei, um den Zorn zu verbergen, der durch ihre Adern strömte. Sie trat durch die Tür auf die Veranda, wo sie nur wenige Augenblicke zuvor gewesen war, und schloss die Fliegengittertür hinter sich. Sie ging zum Pool und blieb stehen, sobald sie nicht mehr zu sehen war. Dann hörte sie Aiden lachen und sagen: „Drei, nicht weniger."

Reagan war sich sicher, noch nie etwas so Scheußliches, wie den Klang ihres Bruders, der ihrer Würde ein Preisschild anhing, gehört zu haben. Der gierige, kranke Arsch meinte es wirklich ernst.

Sie hörte Lucas Gegenangebot: „Eine. Letztes Angebot."

Aiden sagte dann so viel wie „Okay, aber nur unter ein paar kleinen Bedingungen…" und genau dann ging sie schnell weg. Sie schaffte es gerade so bis zum Pool-Haus, bevor sie die Tür schloss und sich schockiert auf einen der Liegen fallen ließ. Sie fragte sich, ob es seltsam war, dass sie nicht weinen wollte, jetzt da sie es aus dem Mund ihres Bruders und mit ihren eigenen Ohren gehört hatte. Zuerst fühlte sie sich einfach nur taub und nach ein paar Minuten war es, als hätte ein Feuer in ihr gewütet und flammte plötzlich ohne Vorwarnung wieder auf, um sie zu verzehren. Sie würde nicht weinen. Sie wollte das Feuer und die Kraft ihrer Gefühle für Lucas benutzen, um diesen Arsch zu ruinieren.

14

Heute

Aidens Augen wanderten vom Fernsehbildschirm zu der sexy, aber unheimlich aussehenden Frau, die ein paar Meter vor ihm stand. Erneut kämpfte er mit den Manschetten, die seine Hände hinter seinem Rücken zusammenhielten, aber er blieb erfolglos. Seine Augen sahen wie dunkle smaragdfarbene Seen aus, als er Reagan beäugte und knurrte: „Hör auf mit diesem Blödsinn. Du weißt ganz genau, dass du ohne mich nichts hättest."

Sie stützte sich mit der Hand an der Hüfte ab und fragte: „Nichts? Wirklich? Meinst du nicht, dass ich die Hälfte von allem hätte, wofür mein Stiefvater sein ganzes Leben gearbeitet hat, wenn du nicht gewesen wärest? Du gieriger Hurensohn! Aber weißt du was, Aiden? Damit könnte ich leben. Womit ich nicht leben kann, ist die Tatsache. dass du zudem ein kranker, verdrehter Bastard bist. Und um es noch schlimmer zu machen: Ich habe dich für lange Zeit in Schutz genommen."

Er begann, seinen Mund zu öffnen und Lucas rief: „Sei still und pass auf!"

Mit fast schon besiegtem Blick schloss er seinen Mund und schaute zurück auf den Fernseher. Lucas drückte einen Knopf auf der Fernbedienung und ein Bild des Arbeitszimmers, in dem ihr Vater immer seine geschäftlichen Telefongespräche geführt hatte, erschien. Zuerst war es ruhig und still und alles, was man sehen konnte, war der antike Eichenschreibtisch, den Aidens Vater vor Jahrzehnten aus Italien importieren ließ, und das Bücherregal dahinter. Dann konnte man das Geräusch hören, wie sich eine Tür öffnete und wieder schloss und ins Schloss fiel.

Plötzlich sah man wie Aiden zu dem Stuhl hinter dem Schreibtisch ging. Er setzte sich auf den großen Ledersessel und mit einem Blick im Gesicht, bei dem Reagan würgen musste, nahm er eine Fernbedienung und drückte einen Knopf. Man konnte nicht sehen, was er sah, aber man konnte jedes Wort hören. Sie hörte, wie sie Aidens Namen schrie und ihn anflehte, ihr zu helfen. Sie konnte Lucas ruhige Stimme hören und wie er ihr erklärte, dass ihr Bruder seine Zustimmung zu diesem... das ganze sogar arrangiert hatte. Sie konnte spüren wie sie kurzatmig wurde, während sie den Blick auf Aidens Gesicht auf dem Bildschirm verfolgte. Sie hatte das Video zuvor noch nicht gesehen, aber das machte es nicht weniger abstoßender.

„Mach das aus!" schrie Aiden, als ob er sich in einer Position befand, in der er Forderungen stellen konnte.

„Sei still!" brüllte Lucas. Er streckte die Hand nach Reagan aus, die sich sofort mit ihm verband. Er drückte ihr Gesicht an seine Brust, während Aiden beobachtete, wie sein eigener Tod auf dem Bildschirm ablief. Sie fragte sich, ob er sich überhaupt schämte. Sie hatte Zweifel. Er war nur sauer, weil er ertappt wurde.

Als er das nächste Mal versuchte, wegzusehen, nickte Reagan der Domina zu. Sie hatte sie aus fast hundert Kandidaten selbst ausgesucht. Lasinda zog den Trenchcoat neben ihm aus. Darunter trug sie einen schwarzen Body aus Netzstrümpfen, ein schwarzes, offenes Korsett und schwarze Handschuhe… und diese sexy, gebundenen Schuhe mit dem zehn Zentimeter hohen Pfennigabsätzen. Ihr Körper war aufreizend und ihre Haut makellos. Sie bewegte sich anmutig wie eine Katze. Sie ging zu Aiden hinüber und nahm seinen Kopf zwischen ihre Hände und zwang ihn, auf den Bildschirm zu schauen.

„Was zum Teufel? Wer ist diese Schlampe?" Er riss die Augen wie ein gefangenes Tier auf.

Reagan sah, wie sich einer von Lasindas langen, spitzen, roten Fingernägeln in das Gesicht ihres Bruders bohrte. Blut so rot wie ihre Nägel trat langsam an der Stelle aus und Aiden schrie auf. „Du verdammtes Miststück! Was machst du da zum Teufel?"

„Mein Name ist Mistress Lasinda und du wirst mich so oder gar nicht ansprechen."

„Fick dich!"

Sie bohrte mit einem anderen Fingernagel in seine Haut und Aiden schrie auf. Lucas hielt den Film an, während Aiden fluchte und schrie und sich drehte und versuchte, sich zu befreien. Als er schließlich wenigstens vorübergehend erschöpft war, drückte Lucas wieder auf Play und der Bildschirm füllte sich mit dem widerlichen Bild ihres Bruders, der seine Hose öffnete und seinen pulsierenden, harten Schwanz herausnahm. Er hatte ein krankes Lächeln auf seinem Gesicht, als er beobachtete, was er für die Vergewaltigung seiner kleinen Schwester hielt, und er rieb langsam an seinen Schwanz und wurde immer geiler, als er Reagan nach ihm um Hilfe schreien hörte.

Lucas hielt sie fester im Arm und er war das Einzige, was sie in diesem Moment davon abhalten konnte, einen Brieföffner vom Schreibtisch zu nehmen und ihn durch Aidens Augen und Gehirn zu bohren.

Sie zwangen ihn, das gesamte Video anzuschauen, und nachdem Lucas es abgeschaltet hatte, ließ Mistress Lasinda Aiden los und er drehte sich langsam zu seiner Schwester um. Tränen liefen über sein Gesicht und mischten sich mit dem Blut der Wunden, die die Mistress ihm zugefügt hatte. Reagan wurde nicht dazu verleitet, zu denken, dass es Tränen der Reue waren. Es waren Tränen, die er für sich selbst weinte und dafür, was er zu verlieren hatte, weil er ein riesiger Arsch war.

„Mistress Lasinda wird viel Spaß mit dir haben." Reagan runzelte die Stirn, als sie ihm die Worte entgegen spuckte. „Es wäre am einfachsten für dich, wenn du dich nicht wehrst."

„Reagan, tu das nicht. Das ist verrückt. Du weißt, dass ich dich liebhabe. Ich bin dein Bruder…Bitte…"

Reagan konnte sich nicht länger zurückhalten. Sie ging zu Aiden hinüber, zog ihren Arm zurück, ließ ihn los und schlug ihm so heftig ins Gesicht, dass sein Kopf zurückschnellte. „Nenn dich nie wieder mein Bruder. Nach heute wirst du nicht mehr als eine verdammte Erinnerung für mich sein, eine, die ich jeden Tag durchleben muss und versuchen werde, loszuwerden." Sie sah zu Lasinda und sagte: „Er soll dich anflehen." Eine Sekunde später stürmte sie aus dem Raum, wartete aber an der Tür auf Lucas. Sie hörte, wie er zu Aiden hinüberging und sagte: „Du hast für den Verkauf der Firma unterschrieben, wobei der gesamte Erlös an deine

Schwester geht, einschließlich des Millionen hohen Bonus'. Also, wenn wir unser kleines Spiel hier beendet haben, werden wir gehen und du kannst anfangen, herauszufinden, was du nach dem heutigen Tag tun wirst, um Geld zu verdienen."

„Wovon sprichst du da, zum Teufel?"

„Der Vertrag... der, in dem mir vierundzwanzig Stunden gegeben werden, das mit Reagan zu tun, was ich will. Du hast gesagt, dass du ihn gelesen hast." In einer vorgetäuscht geschockten Stimme sagte Lucas: „Erzähl mir nicht, dass ein kluger Geschäftsmann wie du etwas unterschrieben hat, das er nicht gelesen hat."

„Du Arsch! Der ist vor Gericht nichts wert. Damit kommst du nicht davon."

„Oh, ich denke, das werden wir.

Aber ok, bring uns vor Gericht. Es wird Spaß machen, dem Richter zu erzählen, wie Reagan und ich ein ganzes Jahr ohne dein Wissen zusammen waren und wie du dachtest, du verkaufst deine Schwester an einen Mann, der sie vergewaltigen würde und wie du dich dann einfach aus dem Staub machen wolltest. Oh, und ihm das Video von diesem kranken Lächeln auf deinem Gesicht zu zeigen, während du dir einen runterholst und bei der ganzen Sache zusiehst... das klingt wirklich nach Spaß. Ok, dann sehen wir uns vor Gericht."

Als Lucas auf Reagan zuging, begann Aiden wild zu schreien. Er klang wie ein Wahnsinniger, bis Mistress Lasinda einen Knebel in seinen Mund stopfte und ihm den Ton abschnitt. Alles, was sie hören konnten, als sich die Tür hinter ihnen schloss, waren Schluchzen und Keuchen. Sobald die

Tür zu war, legte Lucas seinen Arm um Reagan und fragte: „Also, bist du sicher, dass du nicht zuschauen willst?"

Sie schüttelte den Kopf und er sah erleichtert aus. „Nein. Ich hatte gedacht, dass ich es wollte", sagte sie, „Ich dachte, dass ich fast so krank sein wollte wie mein Bruder, um es ihm heimzuzahlen. Aber die Wahrheit ist – soviel ich weiß –, dass er alles verdient hat, was sie ihm angetan wird. Ich bin nicht so krank, dass es mir bei meiner Rache helfen würde, dabei zuzusehen."

Lucas küsste sie auf die Stirn und sagte: „Du bist absolut nicht krank. Er ist der Kranke. Verschwinden wir von hier."

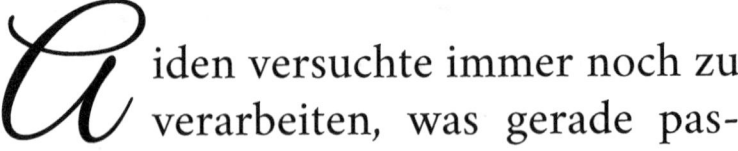

iden versuchte immer noch zu verarbeiten, was gerade passiert war, als Lucas' Leibwächter Frankie in den Raum trat. Die Frau in Schwarz flüsterte ihm etwas zu und mit einem sadistischen Grinsen im Gesicht ging Frankie hinüber und hakte die Manschetten aus, mit denen Aiden auf dem Stuhl festgehalten wurde. Für eine Sekunde atmete Aiden erleichtert auf, da er dachte, freigelassen zu werden.

„Bring ihn in den Weinkeller."

Aiden wurde plötzlich grob am Arm gepackt und aus dem Raum geführt. Als er verstand, was los war, versuchte er sich zu wehren, aber Frankie war zu stark. Er hielt ihn fest und zerrte ihn gewaltsam in die Küche, wo bereits die Treppe zum Weinkeller offen stand. Dann schubste er ihn quasi die Treppen ins Dunkle hinunter. Als sie unten angekommen waren, ging das Licht an und durchflutete den Raum. Aiden hatte diese Hütte sein ganzes Leben lang gekannt, aber er erkannte das Zimmer vor sich nicht wieder.

„Schrei ruhig", sagte die Frau mit einem heiseren Flüstern, „Niemand kann dich hören."

„Das hier ist verdammt verrückt..."

Frankie schlug ihm gegen den Kopf und knurrte: „Halt den Mund und hör zu."

Es wurde still im Raum. Nur die Absätze der Frau klopften gegen den kalten, polierten Holzboden. Die Wände waren aus dunklem Holz und die Weinregale waren entfernt worden. Der Raum war jetzt voller bizarrer Geräte und etwas, was wie Foltermöbel aussah, und an einer Wand hingen Stöcke, Peitschen und Gerten. Aiden hielt sich für eine Art Porno-Kenner, also erkannte er alles... aber wäre er in der BDSM-Szene gewesen, wäre er der Dom gewesen.

Er würde das im Leben nicht überstehen.

Frankie trug ihn zu einem großen Sofa, das an der anderen Wand stand und warf ihn darauf. Er sprang auf und versuchte wegzulaufen. Frankie erwischte ihn am Ende der Treppe und zwang ihn, sich zur Couch zu drehen. Die Frau saß nun mit überschlagenen Beinen da. Frankie hatte Aidens Arme hinter seinem Rücken verschränkt und er spürte, wie der Schweiß über sein Gesicht lief.

Das war abgefuckt.

Ernsthaft abgefuckt.

Er konnte nicht glauben, dass Reagan etwas damit zu tun hatte. Kannte er sie überhaupt? Er fand es ironisch, wenn man bedachte, dass sie es erst kürzlich herausgefunden hatte. Aber das machte es nicht weniger abgefuckt. Plötzlich wurde ihm klar, dass Frankie ihn hier nicht hier rauslassen würde, und er war der Gnade dieser Frau ausgeliefert, die sich scheinbar darauf freute, ihm Schmerzen zu bereiten. Er schluckte den Kloß in seiner Kehle herunter und versuchte sich darauf zu konzentrieren, was er Reagan antun würde, wenn er hier wieder rauskam und seine Hände an sie bekam.

15

Frankie hielt Aiden fest und die Frau auf der Couch begann zu sprechen: „In diesem Raum wirst du mich nichts anderes als 'Herrin' nennen. Du wirst es nicht wagen zu reden, es sei denn, du wirst gebeten, zu sprechen. Du wirst sofort und ohne einen zweiten Gedanken gehorchen. Verstehst du?"

„Ich kann dir das Doppelte von dem zahlen, was sie dir zahlen…"

Frankie hielt seinen Arm fester und er quietschte vor Schmerzen, als die Frau sagte: „Du machst es dir schwieriger, als es sein muss. Ich gebe dir noch eine Chance. Hast du deine Anweisungen verstanden, ja oder nein?"

„Ja."

Sie seufzte, stand auf und ging zur Wand. Sie wählte etwas aus, das wie eine Peitsche aussah. Aidens Körper spannte sich ein wenig an, als sie auf ihn zuging, aber auch wenn er nur daran dachte, dass sie die Peitsche benutzen würde, war das nichts im Vergleich zu dem Schock des Schmerzes, den er empfand, als es Kontakt mit seinem Bauch machte. Es war wie ein heißes Messer, dass durch seine Haut schnitt. Er schrie und fing an zu jammern. Sie stand wartend vor ihm. Als er weiter weinte, bettelte und kroch, hob sie die Peitsche wieder an.

„Es tut mir leid!" schrie er.

„Was?"

„Dass ich nicht gehorcht habe",

sagte er außer Atem, „Entschuldigung, Mistress. Bitte schlag mich damit nicht wieder."

Sie sah so aus, als ob sie darüber nachdachte und dann flüsterte sie: „Da du noch lernst, lasse ich es dieses eine Mal durchgehen."

„Danke…" sie hob die Augenbraue an und fügte hinzu: „Mistress."

„Gut, zieh jetzt deine Kleidung aus und falte sie ordentlich. Versuch nicht wegzulaufen. Frankie wird dich einfangen und du wirst es bereuen. Verstehst du?"

„Ja, Mistress", antwortete er.

Frankie ließ ihn los und während er sich durch den Schmerz kämpfte und immer noch versuchte einen Fluchtweg zu finden, zog er seine Kleidung Stück für Stück aus und faltete sie.

Als er fertig war, befahl sie: „In der Ecke dort bei den Peitschen sind ein paar Hand- und Fußfesseln. Leg die um und bring mir das Halsband."

„Fuck."

Er hatte das Wort bereits gesagt, bevor er es gemerkt hatte. Sie stand etwa einen Meter hinter ihm und die heiße Peitsche war so schnell, dass er sie nicht einmal kommen gespürt hatte. Er schrie als er sich in die Ecke bewegte. Zitternd, weinend und schwer atmend suchte er nach den Manschetten. Als er sie anlegte, kam ihm Lucas in den Kopf, wie er Reagan ans Bett fesselte und er dabei seinen pulsierenden Schwanz in der Hand hielt. Selbst jetzt, als er versuchte, etwas Sympathie für jemanden zu wecken, der nicht da war, reagierte sein Schwanz bei der Vorstellung, dass sie gedemütigt wurde. Er war wenigstens froh, dass die Domina nicht auch noch seine Gedanken lesen konnte.

Er ging mit dem Halsband auf sie

zu, und sie schlug mit der Peitsche auf den Boden und knurrte: „Krabbeln, Wichser."

Mit zittrigen Gliedern fiel Aiden auf den kalten Boden und kroch zu ihr. Als er dort ankam, drehte er sich und hielt ihr das glatte, mit Stahlspitzen besetztes Halsband hin.

Sie griff nach unten und streichelte ihn mit ihrer Hand, als wäre er ein Hund. Dann nahm sie das Halsband und legte es ihm um... fast zu fest. Sie streckte die Hand aus und Frankie legte eine lange, lederne Leine hinein. Sie befestigte das an dem Halsband. Dann ging sie auf eine andere Tür zu, von der Aiden wusste, dass ein kleines Badezimmer dahinter war. Sie zog an seiner Leine, die an dem Halsband zerrte, und er war gezwungen, entweder hinter ihr her zu kriechen oder zu würgen. Er kroch wie ein Hund, und als sie die Tür öffnete und das

Licht anmachte, konnte er sich im Ganzkörperspiegel sehen. Er war noch nie in seinem Leben so gedemütigt worden…oder das dachte er jedenfalls. Er hörte ein Geräusch zu seiner Rechten und schaute zu Frankie, der das Ganze filmte.

„Was zum Teufel hast du mit dem Video vor?"

Anstatt ihm zu antworten, sah Frankie die Mistress an. „Du hast einen schmutzigen Mund, mein Haustier", grinste sie. „Da müssen wir etwas gegen unternehmen. Aber das heben wir uns für später auf. Erinnere dich an das, was ich gesagt habe, sprich nicht ohne Erlaubnis. Kapiert?"

„Ja, Mistress", seine Stimme klang besiegt. Er wünschte sich, dass Reagan dageblieben wäre. Er dachte, er könnte sich bei ihr entschuldigen und sie würde damit aufhören. Aber wenn sie nicht mal hier war… wer wusste, wie weit es dieses verrückte Miststück treiben wollte?

„Magst du es, wie du an der Leine und auf deinen Knien aussiehst? Ganz so wie der Hund, der du bist?" fragt sie und hob die Augenbraue an.

„Ja, Mistress", log er.

„Gut, weil du wie ein Tier behandelt werden solltest, wenn du dich wie eins verhältst. Du hast deine eigene Schwester an den Höchstbietenden verkauft. Das ist das Widerlichste, was ich je in meinem Leben gehört habe und ich habe viel gehört. Dafür musst du bestraft werden. Du verstehst schon, dass das für dein eigenes Wohl ist, oder mein Tierchen?"

Mit zittriger Stimme antwortete er: „Ja, Mistress."

„Gut."

Er nahm die Leine und führte in rüber zu etwas, was wie ein Holzkreuz aussah. „Anschauen und Arme ausstrecken." Aiden tat, was ihm befohlen wurde und sie nahm grob einen seiner Arme hoch und befestigte sein Handgelenk an einer Metallmanschette, die an einem Kreuz angebracht wurde. Er versuchte sich leicht gegen sie zu wehren, während sie versuchte, ihn zu fest zu machen.

Das war ein Fehler.

Sie winkte Frankie zu, der Aiden fast den Arm auskugelte, um die zweite Manschette anzubringen. Sie gab ihm mit der Peitsche einen weiteren Schlag auf den Rücken. Er versuchte, nicht aufzuschreien, aber es tat so verdammt weh. Er zitterte und jammerte und es war unglaublich schwer nicht zu flehen. Er fühlte sich wie ein zehnjähriges Mädchen. Er hatte Angst. In dem Moment erinnerte er sich an Reagans angsterfüllten Blick, als sie ihre Augen zum ersten Mal aufmachte und Lucas vor sich sah, der sie belästigte. Es tat ihm immer noch nicht leid, aber ihm war mittlerweile schlecht.

Er konnte das Klicken ihrer Absätze hören, als sie hinter ihm hin und her ging, während Frankie seine Fußgelenke am Boden befestigte. Als Frankie schließlich wegging, hörte er sie vor sich. Sie betrachtete seinen Schritt und seinen immer noch schlaffen Schwanz und grinste. „Mach den Mund auf", spuckte sie ihm entgegen.

Sobald er das tat, schob sie einen Knebel zwischen seine Zähne, wie den, den sie schon oben bei ihm benutzt hatte. Er würgte und hustete, als sie ihn hinter seinem Kopf festmachte. Der Ball hinderte ihn daran, seinen Mund zuzumachen und er konnte spüren, wie ihm Speichel an der Seite seines Gesichts herunterlief. Er sah auf. Frankie amüsiert sich, während er das Ganze filmte.

Die Mistress legte ihm dann eine Augenbinde um, um seine Sinne weiter zu schwächen. Er konnte nur noch hören und fühlen. Alles, was er anfassen wollte, war das Lenkrad seines BMWs, wenn er hier endlich raus war... aber er wusste, dass das nicht so schnell passieren würde. Er hing da und hörte zu, wie sie etwas von der Wand zog und er machte sich auf den ersten Schlag gefasst.

Er hörte das Klicken ihrer Absätze, als sie in seine Richtung ging und plötzlich spürte er es. Es war ein spaltender Schmerz, der von dem Schlag auf die Pobacken durch seinen Rücken zog. Er schrie um den Knebel herum. Wenn er reden könnte, würde er wahrscheinlich in allerlei Schwierigkeiten stecken, denn in seinem Kopf beschimpfte er sie mit jedem schmutzigen Namen, den er kannte. Es war mindestens zwanzig Pausen später, als sie fragte: „Du weißt schon, dass du dir das alles selbst zuzuschreiben hast?"

Er stand kurz vor der Bewusstlosigkeit, aber er hatte Angst, dass sie ihn töten könnte, wenn er ohnmächtig werden würde. Er nickte und sie entgegnete ihm: „Gut. Wenn wir hier fertig sind, wirst du verstehen, dass Gier, Arroganz und Perversion keine guten Eigenschaften sind, besonders in der eigenen Familie. Wenn ich mit dir fertig bin, wirst du bereit sein, dich bei deiner Schwester zu entschuldigen und ihr aufrichtig sagen, was für ein Stück Scheiße du bist. Verstehst du?"

Während sie redete, konnte er hören, wie etwas auf ihrer Handfläche einschlug. Es klang schwerer oder dicker als die Peitsche. Er nickte wieder und hoffte, dass sie das, was sie da hatte nicht an ihm zum Einsatz bringen würde. Sie kam nah genug an ihn heran, sodass er sie riechen konnte und sie griff nach oben und zog ihm die Augenbinde ab. Was er in ihrer Hand sah, sandte eine Welle des Schreckens durch ihn, anders als alles, was er jemals zuvor gefühlt hatte. Es sah aus wie ein Gürtel, aber in der Mitte war der größte gottverdammte Dildo, den er je gesehen hatte. Das Ding war mindestens zwanzig Zentimeter lang und vier Zentimeter dick. Er war froh über den Knebel, weil er ihr eine Frage gestellt hätte, die ihn zweifellos in Schwierigkeiten gebracht hätte. Sie zog den Knebel langsam aus seinem Mund und zeigte ihm, welche Spuren seine Zähne darauf hinterlassen hatten. Dann kniete sie sich hin, machte die Knöchel los und sagte: „Geh auf die Knie und leck meine Schuhe. Dabei dankst du mir dafür, dass ich dich diszipliniere."

Das ließ ihn vergessen, wofür der Dildo war, also tat er, was sie wollte. Nachdem es ihr langweilig wurde, ihm dabei zuzusehen, wie er das Leder und ihre Füße leckte, befahl sie: „Aufstehen."

Beide standen auf und er sah, wie sie Frankie etwas signalisierte. Der große Kerl kam rüber und hob ihn an den Schultern an, um ihn zum Sofa zu tragen.

„Mit dem Bauch dagegen."

Aiden gehorchte und geriet plötzlich in Panik – mehr als er es schon war –, als seine Knöchel gefesselt wurden. Er versuchte aufzustehen, aber Frankies große Hand schob ihn immer wieder zurück auf die Couch. Sobald seine Knöchel gesichert waren, fesselte Frankie seine Arme und lächelte ihm noch einmal zu, bevor er wegging. Das nächste, was Aiden vor sich sah, ließ ihn schreien und dann betteln und kriechen und flehen… und dann weinen.

Die Mistress hatte den Gürtel umgelegt, sodass der riesige, unechte Schwanz von ihrer Leiste abstand. Sie lächelte und säuselte: „Bist du bereit für deine nächste Lektion? Möchtest du gerne aus erster Hand erfahren, wie es sich anfühlt, vergewaltigt zu werden?"

„Nein, Mistress. Bitte. Es tut mir so leid."

Sie lächelte und beugte sich tatsächlich hinunter und küsste ihn sanft auf die Lippen und dann zischte sie: „Halt dich fest, mein Haustier…ich bin dabei, dich zu nehmen."

16

Ein Jahr später
„Bist du nervös?"
Vater und Lucas hatte sich bei Starbucks an der Ecke seines und Reagans neuer Penthouse-Wohnung getroffen, um am Morgen der Hochzeit einen Kaffee zu trinken. Reagan war seit zwei Tagen nicht zu Hause gewesen und er vermisste sie so sehr, dass er unerträglich und schon fast depressiv wurde. Sie war bei ihrer Freundin Belinda, die sie kennengelernt hatte, als sie endlich nicht mehr

unter den Fittichen ihres Bruders stand. Sie war endlich frei und konnte ihr Leben genießen. So erfreut, wie Lucas auch war, sie so glücklich zu sehen, vermisste er sie trotzdem jede Sekunde, die sie getrennt waren. Allerdings waren es die ersten zwei Tage seit einem Jahr gewesen, dass sie nachts voneinander getrennt waren. Und zudem war heute ihre Hochzeit und sie brauchte Zeit für all den Mädchenkram und musste sich fertig machen, ohne dass er dabei zuschaute.

„Nicht wirklich", erzählte Lucas seinem Vater.

Es stimmte ein wenig. Er war nicht nervös, Reagan zu heiraten, denn das konnte er nicht erwarten. Er war ein bisschen nervös darüber, ob er ein guter Ehemann und schließlich Vater sein würde. Er wollte Reagan die Welt zu Füßen legen, aber manchmal machte er sich Sorgen, dass er nicht das war, was sie verdiente.

„Sie liebt dich, Sohn. Ich kann es in ihren Augen sehen, jedes Mal, wenn sie dich ansieht."

Lucas lächelte. „Ich weiß, dass sie mich liebt. Ich bin der glücklichste Mann auf Erden."

„Das bist du", sein Vater lächelte, „nicht jeder bekommt die Gelegenheit, seine Seelenverwandte überhaupt zu treffen oder gar den Rest des Lebens mit ihr zu verbringen."

Lucas nickte. „Ich danke Gott tagtäglich dafür, Vater. Darf ich dir aber eine Frage stellen?"

„Natürlich."

„Ich weiß, dass Mama nicht deine Seelenverwandte war. Ich weiß das, weil du Carey so lange geliebt hast. Aber du hast Mama nicht betrogen und ich glaube das hättest du auch nicht, selbst wenn Carey zugestimmt hätte. Du musst sie also auch geliebt haben, richtig?

„Natürlich habe ich das. Ich habe deine Mutter sehr geliebt. Ich habe Carey kennengelernt, als deine Mutter und ich eine schwere Zeit durchmachten. Vielleicht war es deshalb so leicht für mich, mich in sie zu verlieben. Oder vielleicht war sie meine Seelenverwandte und ich habe sie einfach nur zu spät kennengelernt. Aber was auch immer es war, ich hätte deiner Mutter nie wehgetan. Sie war eine unglaubliche Frau und ich wünschte, sie wäre noch hier, um zu sehen, dass du Reagan heiratest. Sie wäre so stolz auf dich… auf euch beide."

Lucas Gesicht sah traurig aus. Der Tod seiner Mutter hatte ihn schwer getroffen, aber sein Vater war immer sein Fels gewesen, und dass er noch in seinem Leben war, half.

„Ich wünschte mir auch, dass sie

hier sein könnte. Ich bin so dankbar, dass du da bist. Es ist schmerzhaft genug, dass Reagans Eltern sie nicht bei ihrer Hochzeit zum Altar begleiten können. Falls wir es dir noch nicht gesagt haben, wir sind so dankbar, dass du angeboten hast, sie zum Altar zu führen."

„Reagan hat mir mehr als genug gedankt. Ich freue mich und bin stolz, es für sie zu tun."

Lucas seufzte. „Also, als du Mama geheiratet hast und ihr eine Familie gegründet habt, hast du dir jemals Sorgen gemacht, dass du nicht weißt, was du tust und du alles vermasseln würdest?"

Rex lächelte und trank einen Schluck von seinem Kaffee und sagte: „So ziemlich andauernd."

„Das ist beruhigend", lachte Lucas.

„Gut. Das ist der Beweis, dass ich nicht alles falsch gemacht habe. Schau mal, mein Sohn, jeder wünscht sich, dass Ehe und das Elternsein mit einer Anleitung einhergehen, besonders wenn man eine Persönlichkeit des Typs A ist, so wie du." Er grinste seinem Sohn zu und fügte hinzu: „Aber, da das nicht so ist, ist alles, was du tun kannst, jeden Tag dein Bestes zu geben. Das Wichtigste ist die Liebe und solange die da ist, hast du alles, was du brauchst."

„Das hoffe ich", stimmte Lucas zu, „Reagan hat endlich begonnen sich von dem zu erholen, was ihr Bruder ihr angetan hat. Alles, was sie sich immer gewünscht hat, war eine intakte Familie und ich wünsche mir mehr als alles auf der Welt, ihr das geben zu können. Ich will es nur richtig machen."

„Ich glaube fest daran, dass du das wirst", grinste Rex. Sie tranken noch für ein paar Minuten stillschweigend ihren Kaffee und dann fragte Rex: „Wo wir schon vom Teufel sprechen, habt ihr zwei Probleme mit ihm?"

„Schon eine Weile nicht mehr", sagte Lucas. Sein Vater hatte die größte seiner Sorgen angesprochen... Aiden Kade und was der verrückte Bastard als nächstes tun könnte. Nach der Nacht, in der er und Reagan Aiden mit Mistress Lasinda als „Bestrafung" zurückgelassen hatten, war alles in ihrem Leben chaotisch, um es milde auszudrücken. Die ersten drei Wochen waren wunderbar. Sie liebten sich Tag und Nacht, meistens an neuen Orten, und sie verbrachten fast jede Sekunde damit, sich die Zeit zurückzuholen, die sie wegen Aiden verloren hatten. Sie hatten das Gefühl, ohne seine konstante Anwesenheit in ihrem Leben endlich atmen zu können.

Gleichzeitig ließen sie Reagans Sachen aus der Villa holen und ins Anwesen nach La Jolla und in das Familienheim bringen, das Lucas mit seinem Vater teilte. Lucas war sich sicher, dass Aiden, sobald er zurück war, damit beginnen würde, die Anlagen zu liquidieren, die er zurückgelassen hatte, und er wollte sicher sein, dass Reagan hatte, was sie wollte, bevor er das tat. Reagan wollte nur, was ihr gehörte, und ein paar Schachteln mit Fotos und Erinnerungsstücke, die ihre Mutter auf dem Dachboden aufbewahrt hatte. Sie hatte nachgegeben, weil er nichts hatte, also stimmte sie zu, ihm zu erlauben, all das aus dem Haus zu entfernen, was er wollte. Das würde ihm einen Neuanfang ermöglichen. Lucas verstand nicht, warum sie es tat, weil der Bastard nichts verdient hatte, aber er wusste, dass sie ihn tief in sich drin bedauern musste. Reagan war einfach nur glücklich, dass sie nicht länger mit diesem Monster unter einem Dach leben musste.

Genau wie Lucas vermutete, hatte Aiden, sobald er nach La Jolla zurückgekehrt war, fast schon sofort mit dem Verkauf der Familiengüter begonnen. Er hatte drei Autos: einen Jaguar, einen SUV und einen BMW. Er behielt den BMW und verkaufte die anderen zwei, und dann ging er auf die Antiquitäten und die Kunst im Hauses über. Es gab persische Teppiche, die Tausende und Originalgemälde die Zehntausende wert waren. Reagan hatte das genommen, was sie von dem Schmuck ihrer Mutter haben wollte, aber all das, was noch übrig war, brachte vermutlich eine knappe Million ein. Lucas konnte nicht anders. Er war wütend, als er darüber nachdachte, wie viel Geld Aiden dafür bekommen würde, aber Reagan hatte ihn beruhigt und ihm gesagt, dass es nichts ausmache, weil sie etwas hätten, was Aiden niemals haben würde... Liebe und einander. Lucas hätte es vielleicht dabei belassen, wenn Aiden nicht versucht hätte, Reagan zu bedrängen. Jedenfalls vermutete Lucas stark, dass er dahinter steckte. Er konnte es nur noch nicht beweisen.

Sobald sie wieder in der Stadt waren und das neue und erneuerte Unternehmen in Betrieb war, schrieb sich Reagan an der Universität ein und arbeitete nebenbei in der Firma. Er glaubte nicht, dass es überhaupt etwas gab, was sie nicht tun konnte. Sie war klug und ehrgeizig und zudem gehörte ihr auch der Großteil des Unternehmens. Aber sie bestand darauf, dass sie das Geschäftliche nebenbei erlernen wollte, während sie an ihrem Abschluss arbeitete. Es war schwer für Lucas, einen Schritt zurück zu treten und es ihr zu überlassen, aber er musste ihre Entscheidung respektieren. Es sagte viel über ihren Charakter aus und machte seine Liebe für sie nur noch stärker. Sobald sie sich an ihren neuen Job gewöhnt hatte, fingen die Dinge allerdings an, den Bach herunterzugehen.

Zuerst wurden Blumen geliefert. Sie kam am Morgen an ihren Schreibtisch und fand eine Vase mit schwarzen Rosen und Notizen vor, auf denen Dinge wie „Die Farbe deiner Seele." und „Ich hoffe, dein Leben ist so dunkel wie diese Rosen." stand. Lucas ließ die Lieferung jedes Blumenstraußes nachverfolgen. Wer auch immer sie gekauft hatte, hatte jedes Mal im Gebiet von San Diego einen anderen Floristen benutzt und immer mit Bargeld bezahlt. Die Beschreibung, die die Leute gaben, die sich an ihn erinnern konnten, ähnelte stark

Aiden, aber als er ein Bild von ihm zeigte, konnte es niemand mit Sicherheit sagen. Der Mann, der die Blumen gekauft hatte, trug einen Hut und hatte der Beschreibung der Leute nach einen „Dreitagebart".

Lucas erhöhte die Sicherheit bei der Firma und ließ die Lieferungen stoppen, bevor sie Reagan erreichten. Es gab für einige Wochen eine Ruhepause und dann trudelten zu Hause Briefe ein. Jeder Brief war voller abscheulichem Kauderwelsch und ging manchmal darauf ein, was für eine "Goldgräberschlampe" Reagan war. Es gab keine Möglichkeit, sie zu verfolgen, da sie mit aus Magazinen ausgeschnittenen und auf einem Blatt Papier aufgeklebten Buchstaben geschrieben und von verschiedenen Orten in der Stadt verschickt wurden. Lucas wollte Aiden mit seinen bloßen Händen sinnlos schlagen, aber Reagan flehte ihn an, es nicht zu tun. Sie war überzeugt, dass es das war, was Aiden wollte. Es war wahrscheinlich alles Teil eines Plans, in dem er gegen Lucas Anklage wegen Mordes oder Mordversuchs erheben konnte und ihn verhaften ließ. Er würde das, was ihm in der Hütte passiert war, nicht vor Gericht bringen, aus Angst davor, wie es ihn aussehen ließe... aber wenn Lucas ihn tätlich angreifen würde, ohne dass er bewiesen hätte, dass er der Stalker war, würde er wie das Opfer aussehen. Lucas wusste, dass sie Recht hatte, aber es war verdammt hart, ihn nicht umbringen zu wollen.

Stattdessen wies Lucas einen der Angestellten an, die Post durchzugehen, bevor Reagan sie sah, um die Briefe abzufangen. Er heuerte auch einen Sicherheitsdienst an, um Aiden zu folgen und alles zu fotografieren, was er tat. In der Zwischenzeit, als sie versuchten, mit ihrem Leben weiterzumachen, machte Lucas den Antrag. Er hatte viel darüber nachgedacht, wie er es machen wollte, und sich schließlich dazu entschieden, es hoffentlich so zu machen, wie es Reagan gefallen würde. Er dachte daran und lächelte. Alle Gedanken an Aiden waren verschwunden, wenn er in seinen Gedanken zu diesem Tag zurück ging.

Es war ein Freitagmorgen und Reagan saß an ihrem Schreibtisch auf der Arbeit. Sie sah entzückend aus, dachte er, als er sie in einem blauen, karierten Rock und einer weißen Baumwollbluse mit Knopfverschluss sah. Ihre seidigen blonden Haare waren um ihre Schultern geschlungen und sahen im reflektierten Neonlicht wie gesponnenes Gold aus. Es erstaunte ihn immer noch, wie sein Herz praktisch jedes Mal, wenn er sie sah, aufhörte und dann wieder anfing, für sie zu schlagen.

„Hallo, Hübsche. Es ist Zeit, zu gehen."

Reagan lächelte ihm von ihrem Schreibtisch aus zu. „Es ist erst elf Uhr in der Früh."

„Jawohl und es ist an der Zeit, die Arbeit zu beenden."

„Aber wer springt für mich ein?"

„Ich habe bereits mit Brandi aus der Personalabteilung gesprochen und sie schickt einen der Zeitarbeiter nach unten. Sie sollte jede Minute hier sein."

„Aber…"

„Hör auf, mit mir zu streiten, Fräulein, oder ich werde dich über meine Schulter werfen und dich wie ein Höhlenmensch hier raustragen." Sie lachte und er sagte: „Du glaubst nicht, dass ich das tun würde? Fordere mich nicht heraus, Fräulein!"

Immer noch lachend kramte sie ihre

Sachen zusammen und ließ ihr Telefon transferieren. Lucas hatte draußen einen Wagen bereitstellen lassen und der brachte sie zu einem privaten Strandabschnitt, an dem sie ausstiegen. Lucas holte einen Picknickkorb aus dem Kofferraum. Er trug ihn in der einen Hand und hielt Reagan die andere hin. Sie hatte sich ihre Schuhe ausgezogen und trug sie, während sie über den warmen Sand zu einem Felsen gingen, der sowohl den Strand als auch den Ozean überblickte. Sie setzten sich da hin und aßen zu Mittag, unterhielten sich und lachten. Dabei schauten sie auf den beruhigenden Ozean hinaus. Sie beide liebten den Strand und sie hatten sogar davon gesprochen, eines Tages ein Strandhaus zu kaufen.

Nach dem Mittagessen sagte Lucas: „Lass uns spazieren gehen."

Reagan stimmte sofort zu und er

FLEH' MICH AN

nahm ihre Hand und führte sie weiter am verlassenen Strand entlang. Reagan schien die Aussicht zu genießen und sie war abgelenkt von dem, was sie für eine Robbe im Ozean hielt. Dann blieb Lucas stehen. Sie sah zu ihm hoch und in dem Moment konnte sie es aus dem Augenwinkel heraus sehen. Sie drehte sich in die Richtung und sah ein riesengroßes Sandschloss. Es war ein tatsächliches Schloss mit Türmchen, einem Burggraben und einer großen Mauer. Es sah so aus, als wäre es sorgfältig aus Sand gebaut worden und Reagan stand einfach nur da und sah es ehrfürchtig an, bevor sie bemerkte, dass um das Schloss etwas in den Sand geschrieben war. Sie kam näher und Lucas folgte ihr. Sie fühlte sich wie Dorothy aus dem Film dem Wizard of Oz, als sie um die riesige Sandburg herumging und las, was in den Sand geschrieben worden war.

Da stand „Reagan Kade, willst du meine Frau werden?" Sie sah hoch in Lucas' Gesicht und bemerkte, dass er nicht da war. Er hatte sich hinter sie gekniet und in seiner Hand hielt er eine weiße, samtige Schachtel. Er klappte die Schachtel auf und Reagan wäre fast von den Sonnenstrahlen erblindet, die von den wertvollen Steinen an dem Ring in seiner Hand abstrahlten.

„Ich liebe dich, Reagan."

Er lächelte durch die Tränen hinweg, die sich in ihren Augen bildeten. „Ich liebe dich auch, Lucas. So sehr."

„Willst du mich heiraten?"

Tränen kullerten ihre Wangen hinunter. Sie konnte ihre Tränen nicht kontrollieren und sie machte keine Anzeichen, um sie aus ihren Augen zu wischen. Dann nickte sie enthusiastisch und sagte: „Ja, Lucas! Es gibt nichts auf der Welt, was ich lieber tun würde als deine Frau zu werden."

Er steckte ihr den Ring an den Finger und stand auf. Er legte seine Arme um sie und zog sie für eine feste Umarmung an sich. „Damit machst du mich zum glücklichsten Mann der Welt."

Sie sah zu ihm hoch und lächelte: „Gut weil ich bereits die glücklichste Frau bin. Wir werden ein unglaubliches Leben haben."

Lucas grinste sie an und nickte: „Da habe ich keine Zweifel."

Danach begannen sie, ihre Hochzeit zu planen und ein Haus zu kaufen. Sie hatten sich zehn oder zwölf Häuser angeschaut und sich schließlich für eines entschieden, in das sie sich sofort verliebt hatten. Es lag direkt am Strand und das gesamte Erdgeschoss hatte eine Glasfassade. So hatten sie von allen Seiten einen Blick auf das blaue Meer und den weißen Sandstrand. Es musste renoviert werden, aber der Bauunternehmer, den Lucas angestellt hatte, versicherte ihm, dass es nach der Rückkehr aus den Flitterwochen zum Einzug fertig sein würde. Sobald sie den Kaufvertrag für das Haus unterschrieben hatten und sich an ein falsches Gefühl von Sicherheit gewöhnt hatten, schlug er wieder zu.

Ungefähr drei Wochen nach der Renovierung rief Lucas' Bauunternehmer an und sagte, dass sie an diesem Morgen zur Baustelle gekommen waren und von einem verrottenden, stinkenden Haufen von Fischköpfen begrüßt wurden, die in der Mitte des Wohnzimmerflurs lagen. So wütend Lucas auch war, was ihn noch wütender machte, war, dass Aiden zu dieser Zeit nicht in der Nähe von San Diego war. Er hatte einen Teil des Geldes, das er durch den Verkauf der Familienanlagen bekommen hatte, dazu benutzt, eine Softwarefirma zu entwickeln, und war in Silicon Valley. Die Sicherheitsfirma, die ihn verfolgte, hatte dort von ihm Fotos gemacht und zwar während der gesamten Woche vor dem Ereignis. Lucas war sich immer noch sicher, dass er es war. Er hatte einfach jemanden angeheuert, um die Drecksarbeit zu erledigen... aber wieder einmal konnte er es nicht beweisen. Das brachte Lucas schließlich zum Überschäumen und zum ersten und hoffentlich auch letzten Mal, tat er etwas hinter Reagans Rücken. Als er darüber nachdachte, lächelte er. Das war ein guter Tag.

17

Reagan stand vor dem Ganzkörperspiegel im Brautzimmer im Catamaran Resort und Spa. Sie war zum South Lawn gegangen, wo sie und Lucas in weniger als einer Stunde ihre Gelübde ablegen würden. Es war für fast zweihundert Gäste bestuhlt und in der Mitte lag ein langer, weißer Läufer, der von bunten, tropischen Blumen umsäumt war. Vorne stand nur ein handgefertigter Bambusbogen, der mit der gleichen Art von frischen, duftenden Blumen und Palmzweigen verziert war. Es war ein wunderschöner, sonniger Tag und der Panoramablick auf Mission Bay und die wunderschöne blaue Skyline von San Diego im Hintergrund überragte alles. Reagan hatte seit ihrem Treffen mit Lucas mehr gute und glückliche Tage erlebt als je zuvor in ihrem Leben, aber sie wusste, dass heute der glücklichste und unvergesslichste Tag ihres Lebens sein würde. Sie konnte es nicht erwarten, seine Frau zu sein und ihr gemeinsames Leben zu beginnen. Obwohl ihr Aiden und die Vorstellung dessen, was er als nächstes tun könnte, in den Kopf kam, versuchte sie, es zu vergessen. Er hatte es bereits zugelassen, dass er viel zu viel von ihrem Leben eingenommen hatte. Heute war Reagans und Lucas' Tag, und für Aiden gab es selbst in ihren Gedanken keinen Platz mehr für ihn und seine Machenschaften.

Ein Klopfen an der Tür riss sie aus ihren Träumereien. Bevor sie zur Tür ging, steckte ihre Freundin Belinda schon ihren Kopf hinein. „Hey Hübsche, die Kosmetiker sind da."

Reagan lächelte. „Okay, ich bin bereit, wenn du es bist."

Belinda war ihre Trauzeugin und sie war eine Lebensretterin. Reagan hatte seit der High School keine engen Freunde gehabt. Aiden hatte bei seinem Versuch, jeden Aspekt ihres Lebens zu kontrollieren und zu beherrschen, dafür gesorgt. Sie hatte Belinda in der Firma kennengelernt. Sie hatte zwei Jahre lang als Assistentin für Rex Ferris gearbeitet und sie und Reagan verstanden sich fast auf Anhieb. Belinda war auch erst seit weniger als einem Jahr verheiratet, also hatte sie eine Menge toller Tipps, als Reagan begann, ihre eigene Hochzeit zu planen. Ihr Ehemann war ein wirklich netter Typ und obwohl er und Lucas wegen ihres Altersunterschieds wahrscheinlich nie die besten Freunde sein würden, verstanden sie sich gut genug, dass die beiden Paare gelegentlich zusammen etwas unternehmen konnten. Reagan liebte es, eine beste Freundin zu haben, und sie vertraute Belinda fast alles an.

Belinda öffnete die Tür und zwei Frauen und ein Mann kamen herein. Jeder von ihnen trug eine Ledertasche voller Kram und sie waren bereit, in wenigen Minuten zu zaubern. Als sie fertig waren, kam der Friseur und es war an der Zeit für Reagan und Belinda, ihre Kleider anzuziehen. Reagan hatte mit einer Designerin aus Bali zusammengearbeitet, die ein Kleid für sie entworfen hatte, das lässig genug für den Strand, aber gleichzeitig auch elegant war. Belinda trug ein hellgrünes Kleid, und Lucas, sein Vater und sein Trauzeuge, ein Freund, den er seit dem College kannte und Tim hieß, trugen alle schwarze Smokings mit hellgrünem Bund und passenden Krawatten. Es war nicht Reagans Lieblingsfarbe aber die ihrer Mutter Carey. Es war Reagans Art, sie zu ehren und sie wissen zu lassen, wenn sie da draußen war und zusah, wie sehr sie sie vermisste.

„Bist du nervös, oder aufgeregt oder beides?" fragte Belinda, während sie warteten.

„Beides", sagte sie mit einem Lächeln. „Aber weißt du, was mich im Moment noch mehr beschäftigt als Nerven und Aufregung?"

„Was?"

„Ich vermisse Lucas. Ich habe zwei Tage lang kaum geschlafen. Ich wusste nicht, ob ich ohne ihn überhaupt noch schlafen konnte. Ich vermisse ihn so, als hätte mir jemand die Arme abgeschnitten, und ich zwei Tage ohne Arme leben musste, bevor sie mir wieder angenäht wurden."

Belinda lachte. „Naja, das ist doch gut, weil du für den Rest deines Lebens neben ihm schlafen wirst."

Reagan spürte, wie sie von innen heraus strahlte. Die Vorstellung, für den Rest ihres Lebens bei Lucas zu sein, gab ihr ein Gefühl, das sie nicht einmal in Worte fassen konnte... aber im Wesentlichen war alles gut.

„Okay, die Damen!" Die Hochzeitsplanerin, die Reagan angeheuert hatte, half bei den letzten Vorbereitungen. Sie war so energiegeladen, dass sie Reagan manchmal nervös machte, aber sie hatte alles definitiv super erledigt. „Die verheiratete Trauzeugin ist an der Reihe."

Belinda umarmte Reagan fest und flüsterte: „Viel Glück, Liebes. Du siehst so wunderschön aus."

„Vielen Dank. Danke, dass du hier bist."

„Ich wäre nirgendwo sonst", antwortete sie lächelnd.

„Komm jetzt, bevor du sie zum Weinen bringst und ihr Make-Up ruinierst", nörgelte die Hochzeitsplanerin. Belinda lachte und ging hinter der kleinen, hyperaktiven Frau durch die Tür. Sobald sie fast weg waren, hörte Reagan die sanfte, schöne Harfenmusik spielen und sie wusste, dass es bald soweit war, den Gang herunter zu gehen. Als nächstes klopfte Rex Ferris an die Tür, der in seinem Smoking scharf und gut aussah. Sobald er Reagan gesehen hatte, pfiff er leise.

„Du bist so wunderschön. Mein Sohn ist ein glücklicher Mann."

Reagan lächelte. „Vielen Dank, Rex. Aber ich bin die Glückliche."

„Ihr beide werdet ein schönes Leben haben." Und auf das Wort „Leben" begann der Hochzeitsmarsch und die Hochzeitsplanerin klopfte an und sagte: „Los, hübsche Braut, du bist dran!"

Reagan ergriff den Arm, den ihr Rex entgegenstreckte und sie gingen gemeinsam durch die Tür. Sie standen am Anfang des langen, weißen Läufers und warteten auf ihr Stichwort. Rex beugte sich vor und küsste ihre Wange und sagte: „Der war für deine Mutter. Ich weiß, dass sie alles dafür gegeben hätte, hier sein zu können."

Als er Carey erwähnte, stiegen Reagan die Tränen in die Augen. Die Hochzeitsplanerin tauchte wie aus dem Nichts auf und gab ihr ein Taschentuch.

„Nicht wischen, tupfen." Reagan kicherte und tupfte sich sanft die Tränen ab. Dann atmete sie tief ein und hakte sich wieder bei Rex ein. Die Gäste standen auf und Reagan und Rex schritten gemeinsam auf den Altar zu. Sie erblickte Lucas, der vor dem Altar auf sie wartete und die Schmetterlinge in ihrem Bauch flogen bei seinem Anblick wild umher. Er sah in seinem Anzug und dem fast schon euphorischen Lächeln einfach nur umwerfend aus. Ihre Blicke verankerten sich und keiner der beiden schaute weg, bis sie und Rex vorne angekommen waren. Vorne angekommen schob Rex ihren dünnen, spitzenartigen Schleier bei Seite und gab ihr ein Küsschen auf die Wange, bevor er flüsterte: „Ich habe dich lieb."

Reagan lächelte und sagte: „Ich dich auch. Danke."

„Nein, ich danke dir. Danke, dass du meinen Sohn glücklicher machst, als ich ihn je zuvor gesehen habe."

Er übergab sie an Lucas und sie hakte sich bei ihm ein. Lucas strahlte bei ihrem Anblick. „Gott, du bist atemberaubend", flüsterte er.

„Du ebenfalls", zwinkerte sie. Er sah tatsächlich so unglaublich atemberaubend aus, dass er sie am liebsten dort und auf der Stelle angesprungen wäre. Sie war überwältigt, dass sie bei seinem Anblick auch nach zwei gemeinsamen Jahren immer noch eine Gänsehaut bekam und ihr der Atem wegblieb.

„Sind wir soweit?" fragte der Priester.

„Ja", sagten sie beide im Einklang.

Reagan lächelte so breit, dass ihr Gesicht fast wehtat. Es war ihr egal, wo Aiden war oder was er tat. Sie heiratete heute ihren Traummann und egal was Aiden von hier an vorhatte, er könnte ihr die Freude nicht wegnehmen. Sie konnte es kaum abwarten, zu sehen, was Lucas für die Flitterwochen geplant hatte. Er hatte darauf bestanden, dass es ein Geheimnis blieb... und genauso wenig konnte sie den Rest ihres Lebens erwarten.

~

Als sie den Empfang verließen und Richtung Flughafen fuhren, stellte Reagan eine Million Fragen, wo es hinginge, aber Lucas, würde ihr nicht einmal einen Tipp geben, und ihr nur erklären, dass sie den Ort lieben würde und dass sie dort von absolut niemandem gestört werden würden.

Sie flogen mit dem Privatjet seiner Firma und Reagan versuchte es auch auf dem Weg, herauszufinden, wo es hinging. Jedes Mal, wenn sie eine neue Vermutung äußerte, sah Lucas amüsiert aus, aber hielt streng daran fest, ihr keinen Hinweis zu geben. Als das

Flugzeug in den Landeanflug überging, sah sie aus dem Fenster. Alles was zu sehen war, waren schneebedeckte Gipfel der Bergkette.

„Die Schweiz?" sagte sie.

Lucas' Lippen verzogen sich. „Nein."

„Warte! Oh mein Gott! Lucas! Was ist das?" fragte sie aufgeregt und zeigte auf einen der schneebedeckten Gipfel. Der Berg war nur von wenig Erde und einer Menge Wasser umgeben.

Er sah aus dem Fenster und sagte lächelnd: „Das ist ein Vulkan."

„Lucas!" Sie umarmte ihn und er lachte. Reagan konnte nicht glauben, dass er das getan hatte. Er hatte ihr zugehört, wenn sie von ihren Erinnerungen erzählte und er hatte verstanden, wie viel sie ihr bedeuteten. Es war nur noch ein weiterer Grund, weshalb sie ihn so sehr liebte.

Sobald sie am Flughafen aus dem

Flugzeug stiegen und an Bord eines kleinen Bootes gingen, dass sie zu der Insel bringen würde, ließ Reagan ihre Gedanken wieder zu dem Wochenende vor zehn Jahren wandern.

Es war das Wochenende, das ihre Beziehung zu ihrem Stiefvater komplett geändert hatte und es war eines ihrer schönsten Erinnerungen.

Reagan hatte ihren Stiefvater nicht immer verehrt. Als er ihre Mutter geheiratet hatte, war Reagan überwältigt von all den Veränderungen und sie ärgerte sich darüber, dass er ihr und ihrer Mutter wertvolle Zeit gestohlen hatte. Sie hatte das Gefühl, dass sich zu viele Dinge änderten und im typisch vorpubertärem Stil entschied sich Reagan, zu rebellieren. Sie wusste, wie stolz ihre Mutter immer auf ihre guten Schulnoten war, also fing sie damit an. Sie machte keine Hausaufgaben mehr und lernte nicht mehr für

Tests. Am Ende ihres sechsten Schuljahres fiel sie tatsächlich in Englisch, Geschichte und Sozialkunde durch und ihre Versetzung war gefährdet. Ihre Lehrerin mochte sie wirklich und sie vermutete, dass Reagan gerade eine schwere Zeit durchmachte, also gab sie ihr ein Zusatzprojekt und somit die Möglichkeit, ihre Note aufzubessern, um im nächsten Jahr an die weiterführende Schule zu gehen. Die Aufgabe bestand darin, irgendeine Stadt, eine Stadt oder eine Insel in den USA auszuwählen, die sie noch nie besucht hatte, und so viel wie möglich darüber zu lernen und am Tag nach dem Memorial Day-Wochenende sollte sie einen umfassenden Bericht darüber einreichen.

Ihre Eltern taten alles, was sie konnten, um sie zu ermutigen, und ihr Stiefvater sagte ihr sogar, dass er sie tatsächlich zu dem von ihr ausgewählten Ort mitnehmen würde, damit sie ihn aus erster Hand sehen konnte, solange sie das Projekt ernst nahm.

„Gut", hatte ihr trotziges kleines elfjähriges Selbst gesagt, „Ich will meinen Bericht über Alaska machen."

Ihre Eltern sahen sich gegenseitig an und ihr Stiefvater fragte dann: „Welche Stadt in Alaska? Juneau? Anchorage?"

„Kiska Island", sagte sie mit einem leicht schelmischen Lachen.

Reagan hatte sich informiert. Die Insel war eine alte Wetterstation aus der Zeit des Zweiten Weltkriegs. Es war kalt und verlassen und es gab einen aktiven Vulkan. Sie war sich sicher, dass ihr Stiefvater es nicht zulassen würde und es gäbe ihr einen Grund, ihm gegenüber noch verärgerter zu sein.

Überraschenderweise landete ihr Flugzeug einen Tag später in Ancho-

FLEH' MICH AN

rage und sie setzten mit dem Boot zu Kiska über. In vierundzwanzig Stunden hatte ihr Stiefvater einen gemütlichen kleinen Campingplatz für sie eingerichtet, und die drei erkundeten die nächsten drei Tage über die kleine Insel, sammelten Überreste aus dem Zweiten Weltkrieg und kletterten sogar bis auf die Spitze des Vulkans. Reagans wertvollster Besitz ist bis heute das Lavagestein, das sie an diesem Wochenende gesammelt hatte. Der Ausflug war einer ihrer schönsten Erinnerungen. Es stärkte auch die Verbindung zwischen ihr und ihrem Stiefvater, den sie nach dieser Reise als Vater akzeptierte.

~

Als Reagan und Lucas später an diesem Abend in dem brandneuen Bungalow, den Lucas auf der

Insel hatte bauen lassen, vor einem lodernden Feuer saßen, war sie immer noch sprachlos.

„Ich kann einfach nicht", sagte sie, während sie ihre heiße Schokolade trank. „Ich kann es nicht in Worte fassen, dir zu sagen, wie viel mir das bedeutet." Lucas grinste und stellte seine Tasse ab. Mit einem sexy Lächeln sagte er: „Vielleicht kannst du es mir zeigen."

Reagan verschwendete auch keine Zeit. Sie hatten sich beide bereits im Flugzeug und auf dem Boot zurückgehalten… auf den richtigen Moment gewartet. Sie stand auf, ging zu ihm rüber und blieb vor ihm stehen. Er lächelte sie an und sagte: „Bist du bereit mit deinem Ehemann Herrn Ferris Liebe zu machen? Morgen können wir dann losziehen und die Insel erkunden."

Anstatt ihm zu antworten, ergriff

Reagan seine Hände und legte sie auf ihre Brust. Sie wusste, dass er ihre harten Nippel spüren konnte. Er fing an sie zu streicheln und sie sah wie sein Verlangen in nur wenigen Sekunden immer stärker wurde. Sie liebte es, einen solchen Effekt auf ihn zu haben und noch mehr liebte sie es, dass diese Gefühle gegenseitig waren.

Reagan fiel vor ihm auf die Knie und griff nach seinem bereits pochenden Schwanz. Sie strich mit ihrer kleinen Hand über die Umrisse an der Vorderseite seiner Hose, und die Hitze, die durch den Stoff drang, entzündete in ihr das Feuer. Als sie ihn küsste, machte sie einen Laut – fast schon ein Knurren – und zwischen ihren Beinen wurde es sofort feucht. Er war so sexy, dass sie sich manchmal nicht sicher war, ob sie es aushalten konnte. Sie wollte ihn andauernd so sehr.

Er lehnte sich nach vorne, beugte sich runter und küsste ihren Nacken. Sie neigte ihren Kopf zurück, um sich ihm hinzugeben und fing an zu küssen, zu lecken und zu saugen. Sie rieb seinen mittlerweile steinharten Schwanz fester und schneller, während er mit sanften, erotischen Bissen an ihrer empfindlichen Haut knabberte. Sie keuchte und ihr Atem wurde kürzer und unregelmäßiger. Er keuchte, als sie saugte und biss. Der Klang machte sie noch mehr an. Die Tatsache, dass er so intensiv und anspruchsvoll war, wenn sie Sex hatten, brachte sie sexuell zum rasen. Das hatte sie noch nie empfunden und sie hoffte, dass sie sich immer noch so fühlte, wenn sie zwanzig, dreißig oder sogar vierzig Jahre verheiratet waren. Sie wollte das Gefühl nie verlieren.

Während er an ihrem Nacken knabberte, stellte sie plötzlich fest, dass er dabei war, ihre Bluse auszuziehen. Sobald er sie aufgeknöpft und aus dem Weg geschoben hatte, glitten seine Finger unter ihren BH und fanden einen ihrer steinharten Nippel. Er schnippte leicht und dann nahm er ihn zwischen seine Finger und begann daran zu drehen und zu rollen. Er schien sich an dem Stöhnen zu erfreuen, das er ihr entlockte. Jedes Mal wenn er sie so berührte, hatte sie das Gefühl, als ob ihr Herz explodieren würde. Seine Lippen glitten zu ihrem Ohrläppchen, als er ihre Titten streichelte und mit seinem heißen Atem Gänsehaut auf ihrem Rücken auslöste, während er ihr sexy Dinge ins Ohr flüsterte. Seine Hand wanderte von ihren Brüsten zu dem Verschluss ihres BHs. Er machte ihn auf und befreite schließlich ihre Brüste.

Er schaute nach unten und ließ ein weiteres Knurren raus, bevor er seinen

Kopf hob und sie auf Abstand hielt, um die Bluse und den BH auszuziehen. Dann senkte er seinen Mund und benutzte seine Zunge, um beide Brüste erst sanft zu liebkosen, bevor er seine Lippen fest um eine der beiden klammerte und anfing zu saugen. Reagan hatte das Gefühl ins Bodenlose zu fallen. Es machte sie schwindelig, wie er sich an ihrem Körper vergnügte. Er saugte und knabberte nicht nur an ihren Brüsten, er machte Liebe mit ihnen. Sie stand kurz vor einem Orgasmus, als er von der einen auf die andere überging. Vor Lucas, egal wie sehr sie über Sex phantasierte, hatte sie nie gedacht, dass es so sein könnte.

Nachdem er von ihren Brüsten genug hatte... zumindest für den Moment, nutzte er seine Lippen, um sie zu küssen. Er stand auf und hob sie gleichzeitig auf ihre Füße. Er führte sie rückwärts über den kurzen Gang zu ihrem Schlafzimmer und drückte sie sanft auf das Bett. Die Art und Weise wie er mit einem fast räuberischen Blick auf sie herabblickte, jagte erneut einen krampfhaften Schauder durch sie. Er griff nach unten und zog ihren Rock aus. Dann riss er im Handumdrehen ihren Slip ab und warf den Stoff zur Seite.

Ihr Körper brannte und sie spürte, wie ihre Haare an ihren Wangen klebten, da Schweiß von ihrer Stirn tropfte. Lucas hob die Hand und strich die losen Strähnen aus ihrem Gesicht. Diese einfache, aber intime Berührung schickte Wellen von Emotionen durch ihren ganzen Körper. Lucas kniete sich neben das Bett und begann, ihren Körper zu erforschen, als ob er ihn noch nie zuvor gesehen hatte.

Er küsste sie sanft auf ihren Bauch, während sie gleichzeitig mit ihren Händen durch sein weiches, zerzaustes Haar ging. Sie zitterte, als sich seine Lippen langsam dem empfindlichen Teil ihrer Schenkelinnenseiten näherten. Er nahm sich Zeit und genoss den Geschmack ihrer Säfte, die aus ihrer nassen Muschi traten, während sie sich unter seiner Berührung wälzte und stöhnte. Als er sich aufrichtete, um sein Hemd auszuziehen, konnte er die Abzeichnungen seiner harten Muskeln sehen, die durch das Mondlicht, das durch die Vorhänge vor dem kleinen Fenster schien, hervorgehoben wurden. Ihre Hände wanderten dabei über seine breite Schulter und Brust und sie staunte darüber, dass er ihr gehörte.

Lucas schob sie zurück, sodass sie flach auf dem Bett lag. Dann positionierte er sich über ihr. Die Hitze seines Körpers durchdrang ihre Haut und wärmte ihr Blut, sodass es fast kochte. Er schob seine Zunge zurück in ihren Mund und während sie sich küssten, strich sie mit ihren Fingern über die muskulösen Wölbungen seines Rückens. Sie spürte, wie sein harter Schwanz gegen ihren Oberschenkel drückte. Noch nie zuvor hatte es etwas gegeben, was sie so sehr wollte. Sie wollte, dass er in ihr war, und das mit dem Wissen, dass er jetzt ihr Ehemann war... und für immer.

Sie spürte, wie seine Hand unter sie griff und anfing, ihre Arschbacken zu drücken und zu kneten. Ihre Pussy wollte für ihn sterben, aber er ließ sie warten und sie wusste, je mehr sie sich wand und um seine Berührung flehte, desto länger würde er sie leiden lassen. Am Ende war es das Warten immer wert, und noch mehr... aber heute Nacht hatte sie die Grenze zwischen wollen und brauchen bereits überschritten und sie wollte nicht länger warten, als sie es musste.

Lucas nahm sich Zeit, die runden Kugeln ihres Hinterns zu streicheln, bevor er seine Hand nach vorne schob und schließlich seine Finger in ihre glatte, heiße Muschi schob. Sie stöhnte laut auf, als seine Finger ihre geschwollene Knospe fanden und er begann, sie zu massieren. Sie hatte ihre Augen fast geschlossen, aber sie konnte seinen Gesichtsausdruck noch erkennen, als er ihre Klit rieb. Es war überaus intensiv. Es war, als ärgerten ihn die Bewegung ihrer Hüften und das Gefühl ihrer heißen, feuchten Muschi.

Er bewegte sich plötzlich wieder und zog sie ans Ende des Bettes, so dass ihr Arsch direkt an der Bettkante war, bevor er sich wieder vor sie kniete.

Er schob seine Zunge über ihren feuchten Schlitz, bevor er ihre Lippen mit seinen Fingern öffnete und seine

Zunge so tief in sie hineinschob, wie es nur möglich war. Reagan verwickelte ihre Finger in seinen Haaren und hielt sich daran fest, um ihre Hüften vom Bett zu heben und diese vollen, sexy Lippen zu treffen. Sie machte leise Geräusche, während er leckte und saugte und gelegentlich an ihrer Klitoris knabberte. Er hörte nicht auf, bis sie in einem erderschütternden Orgasmus aufschrie, der sie bis auf den Kern erschütterte.

Lucas schaffte es immer, Reagan auf eine sexhungrige Nymphe zu reduzieren, die sich unter seiner Berührung windet und schreit... und sie liebte es.

„Bitte, Lucas, ich brauche dich in mir."

Reagan liebte das Gefühl, Lucas' harten Schwanz in ihrer nassen Muschi zu spüren. Insbesondere dann, nachdem sie gekommen war, wenn noch alle Nerven und Blutgefäße angeregt waren. Lucas lächelte sie an und stand auf, um sich den Rest seiner Kleidung abzustreifen. Sie griff nach seinem pochenden Schwanz, sobald er ihn herausgeholt hatte und für ein paar Sekunden stand er mit geschlossenen Augen da, während sie ihn streichelte und um die Spitze leckte und sich den Schaft hinunter arbeitete, als wäre es ein Lolli.

Er zog zurück und lehnte sich über sie, um zuzulassen, dass sie ihre eigenen Säfte von seinen Lippen lecken konnte. Der Geschmack von ihr auf ihm war berauschend und es machte sie wild. Seine Hand war wieder zwischen ihren Beinen und seine Finger waren in ihr, aber sie brauchte mehr. Sie starb dafür. Sie legte ihre Hände in seinen Nacken und brachte ihren Mund an sein Ohr und flehte: „Ich brauche dich in mir, Lucas... Bitte.

Nimm mich, fick mich, stoß in mich, zeig mir, wie glücklich ich mich schätzen kann, dass ich dir gehöre. Bitte, ich muss dich in mir spüren."

Sie spürte sein Lächeln und dann wurde sie fast ohnmächtig vor lauter Vergnügen, als er ihr endlich das gab, was sie so sehr wollte, und von dem sie sicher war, dass sie niemals ohne es leben könnte. Er stieß noch tiefer in sie ein und dann langsam, fast schon quälend langsam, zog er ihn wieder raus. Er tat es noch einmal und Reagan kratzte ihre Nägel über seinen Rücken und schlang ihre Beine um seine Taille. Sie versuchte ihre Beine und Füße zu benutzen, um ihn noch tiefer in sich zu ziehen.

Am Anfang war es rasend, beide waren verzweifelt hinter dem her, was sie wollten, aber nach ein paar Sekunden fielen sie in einen sexy Rhythmus, der mit jedem seiner Stöße an

Dynamik gewann. Reagan wurde zwei weitere Male zum Höhepunkt gebracht, bis Lucas endlich schauderte und ein primitives Stöhnen ausließ. Sie spürte, wie sich sein Körper anspannte, jeder Muskel von Kopf bis Fuß... und dann zuckte sein ganzer Körper und er brach keuchend und zitternd über ihr zusammen.

Er lag eine Weile auf ihr, bevor er schließlich sein Gewicht verlagerte, so dass er sie nicht mehr zerquetschte und klammerte sich dann so fest um sie, dass es fast unmöglich war zu sagen, wo sein Körper endete und ihrer begann. Er küsste sie auf die Schläfe und sagte mit abgebrochenem Atem: „Gott, ich liebe dich." Er drehte sich, um in ihre Augen sehen zu können. Dann flüsterte er: „Ich muss dir etwas sagen und ich hoffe, dass du mir nicht böse bist."

Reagan spürte einen Schlag der

Sorge. Sie wollte an diesem unglaublichen Tag nichts hören, was sie wütend machen würde, aber sie konnte sich auch nicht vorstellen, was das sein könnte. „Okay", sagte sie einfach und wartete.

„Ich konnte die Vorstellung nicht länger ertragen, dass uns Aiden weiter belästigt."

Sie schauderte bei dem Gedanken daran, was Aiden hätte tun können, also sagte Reagan vorsichtig: „Okay…"

„Ich habe ihn auf eine Reise geschickt. Er wird eine Weile weg sein… wenn er es überhaupt zurückschafft."

Sie hob ihren Kopf an, sodass er ihr ganzes Gesicht sehen konnte. „Was für eine Reise? Lucas, bitte sag mir, dass du nichts getan hast, was dich in Schwierigkeiten bringen könnte. Ich könnte es nicht ertragen, wenn du mir von irgendjemandem weggenommen werden würdest."

„Nein, ich wollte etwas… dauerhaftes gegen diesen Schleimbeutel unternehmen. Aber ich habe dir versprochen, dass ich es nicht tun würde und ich werde ein Versprechen dir gegenüber niemals brechen. Aber ich hatte eine Idee und ich wollte dich damit nicht belästigen, während wir dabei waren, unsere Hochzeit zu planen. Ich musste allerdings sofort handeln, also hoffe ich, dass du mir verzeihst, dass ich dich nicht vorher informiert habe."

„Ich vertraue dir", antwortete sie, und das tat sie. Aber ihr Herz raste noch mehr und sie atmete in kürzeren Zügen. „Sag es mir einfach."

„Nun, Aiden ist irgendwie in der Fracht von der Kunstsammlung gelandet, die er nach Europa verfrachtet hatte."

„In der Fracht?"

„Ja… er ist in einer Kiste. Aber er

hat genug Essen und frisches Wasser. Es reicht aus, bis er am Ziel angekommen ist. Und eine Sauerstoffflasche, falls er sie braucht.

Reagans Lippen zuckten, während sie versuchte, eine ernste Miene zu behalten. „Eine Kiste?"

Lucas sah so aus, als ob auch er versuchte, nicht zu lachen. „Meine Sicherheitsleute haben ihn erwischt, wie er den Mann auszahlte, der die Fischköpfe in unserem neuen Haus hinterlassen hatte. Er war unten am Dock und sie haben ihn gerufen. Ich werde kaum sagen müssen, dass ich nicht einige gute Hiebe ausgeteilt habe, aber bevor ich ihn töte... nun, er war nur bewusstlos... also haben wir ihn in eine Kiste verfrachtet. Die Männer und ich mussten schnell handeln, um ihn da rein zu bekommen und es ihm ‚bequem' zu machen. Wir haben die Kiste zugeschraubt. Er sollte in etwa einer Woche im Kongo ankommen."

Reagan verlor ihren Kampf mit dem Lächeln und musste plötzlich kichern. „Der Kongo?"

„Ja. Ich hoffe, er braucht eine Weile, um da wieder raus und zurück zu kommen. So haben wir wenigstens eine Schonfrist, sollte er seine Versprechen nicht halten, die er gemacht hatte, während ich mit meinen Fäusten auf ihn eingeschlagen habe."

Immer noch lächelnd fragte Reagan: „Und welche Versprechen waren das?"

„Er hatte gesagt, dass er seine Sachen packen und in einen anderen Staat ziehen würde. Er hatte darüber nachgedacht, nach New York zu gehen. Ich hielt das für eine super Idee… aber ich wollte, dass er etwas Zeit hatte, über Alternativen nachzudenken, falls er sich dazu entschließen sollte, zu bleiben und dich, uns, weiterhin belästigen zu wollen."

„Und so hast du ihn in den Kongo geschickt?" Sie brach in Gelächter aus, als sie sich vorstellte, wie ihr Bruder auf einem Schiff aufwachte, das auf den Weg an einen so abgelegenen und fast primitiven Ort war. Sie wünschte sich fast, ein Bild davon zu haben.

„Bist du sauer?" fragte Lucas grinsend.

Reagan legte seine Arme wieder um ihn und gab ihm einen innigen Kuss. Als er nach Luft schnappte, knurrte sie mit einer reizvollen Stimme: „Ich bin einfach nur verrückt nach dir."

Lucas lächelte: „Ich werde nie wieder etwas vor dir verheimlichen."

„Gut", sagte sie, „aber wo wir gerade dabei sind, ehrlich miteinander zu sein… Es gibt da noch etwas, dass ich dir sagen muss. Heute früh, bevor ich bei Belinda weg bin, habe ich einen Schwangerschaftstest gemacht. Ich habe schon seit zwei Monaten keine Periode mehr und mir war morgens immer übel."

„Oh, Baby! Warum hast du mir das nicht gesagt? Wir hätten dich zum Arzt bringen sollen…"

„Lucas, ich bin nicht krank. Ich bin schwanger."

Todesstille machte sich in der Hütte breit und es erschien wie eine Ewigkeit, bis sich schließlich ein breites Lächeln auf Lucas' Gesicht bemerkbar machte. Schließlich flüsterte er: „Ich werde Vater?"

Reagan lächelte und nickte. „Ist das okay für dich?"

Lucas grinste sie an: „Meinst du das ernst? Ich bin aus dem Häuschen." Er zog sie an sich, umarmte sie und lächelte. „Ein Baby."

Reagan war sich sicher, dass sich

die Dinge wieder ändern würden. Aber sie hatte sich stark verändert und sie wusste, dass sie nicht nur mit Veränderung umgehen konnte, sondern sich auch darauf freute. Ihr Leben an der Seite von Lucas Ferris würde unglaublich werden und selbst wenn Aiden nicht klug genug sein würde, seinen Abstand zu halten, könnte er das Glück, dass sie mit Lucas hatte, ihr nicht nehmen, sollte er tatsächlich eines Tages wieder auftauchen. Dieser dunkle und erschreckende Teil ihres Lebens war vorbei und sie war definitiv zu größeren und besseren Abenteuern bereit.

BÜCHER VON JESSA JAMES

Bad Boy Billionaires
Lippenbekenntnis
Rock Me
Holzfäller
Das Geburtstagsgeschenk

Der Jungfrauenpakt
Der Lehrer und die Jungfrau
Seine jungfräuliche Nanny

Zusätzliche Bücher
Fleh' mich an

LIPPENBEKENNTNIS

Carter Buchanan, Milliardär, Präsident von Buchanan Industries — Abteilung Biotech

Emma verließ den Konferenzraum, ihr sinnlicher Arsch schwang in dem verfickten Bleistiftrock von einer Seite zu anderen und ich konnte meinen Blick nicht von ihren Kurven lösen. Nicht einmal als mein Schwanz unter dem Tisch so hart wie Granit war. Es hatte mich erwischt. Wirklich erwischt. Ich hatte die geschwollensten Eier, die man sich denken konnte und das nur wegen Emma.

Sie kam vor einem Jahr mit einem Stapel Dokumente in mein Büro spaziert und stellte sich als die neue Sekretärin meines Bruders Ford vor, während ich in dem Moment fast in meiner Hose gekommen wäre. Mein Bruder hatte ein verficktes Glück. Seit dem Moment, in dem ich ihre perfekten Titten in dem engen schwarzen Pullover, ihre runden Hüften und ihren perfekten Arsch in der langen Leinenhose gesehen hatte, konnte ich nur noch daran denken, sie über meinen Schreibtisch zu beugen und zu der meinen zu machen.

Aber in der Firma galt eine strenge Hände-weg-Regel. Verdammt, also ließ ich meine Hände bei mir. Die Personalabteilung hätte ganz schön mit einer Klage zu tun, wenn sie wüsste, auf welche Arten ich Emma ficken und ihre Kurven für mich beanspruchen wollte, selbst wenn sie für Ford und damit eine andere Abteilung arbeitete.

Es war nicht nur ihr Körper, der mich verrückt machte – und meinen Schwanz in einem Dauerständer verwandelte – es war auch ihr scharfer Verstand. Weil sie überqualifiziert war, machte sie Fords Arbeit leicht. In der ersten Woche hatte sie unsere gemeinsamen Produktionspläne organisiert, was die vorherigen Assistenten wie unbeholfenen Narren aussehen ließ und meiner Sekretärin Tori dringend benötigte Erleichterung verschafft. Emma wusste, was Ford und ich brauchten, bevor wir es taten. Verdammt, selbst bei den anderen Führungskräften wusste sie es. Ich hatte überlegt, ob ich sie befördern sollte, aber ich würde es vermissen, dass sie jeden Dienstag und Donnerstagmorgen um Punkt 8 Uhr zum Meeting kam und leise sagte: „Guten Morgen, Mr Buchanan."

Ja, alle diese verfickten Gedanken – und die Gedanken zu ficken – machten mich zu einem Arschloch, aber ich habe sie nicht angefasst. Ich habe es mir auf unzählige verschiedene Arten vorgestellt, aber sie hatten eins gemeinsam. Ich würde sie roh ficken, kein Kondom, und ich würde sie mit meinem Sperma füllen. Ich würde so weit und so oft in sie reinspritzen, dass sie meinen Geruch nie wieder von ihrem Körper abwaschen könnte. Sie würde als die Meine markiert werden. Ja, jedes Fickfest in meinem Kopf endete damit, dass ich sie auf elementarste Art und Weise beanspruchte und sie mit meinem Baby füllte, während sie sich wand und um Erlösung bettelte.

Nicht gerade gentlemanlike, aber

jedes Mal, wenn ich sie sah, vergaß ich meine Ausbildung und mein analytischer Verstand entwickelte sich eine Million Jahre zurück. Ich wurde etwas Ursprüngliches. Ein Höhlenmensch. Ich wollte mit meinen Fingern in ihre Haare greifen und sie in mein Büro schleifen und sie ficken. Sie sollte genau wissen, wem sie gehörte.

Ich habe meinen Bruder ab und zu diskret nach ihr gefragt. Ford hatte mir nur geantwortet, dass ich mich ficken und eine eigene Sekretärin finden sollte. Und deshalb habe ich sie seit zwölf Monaten in Ruhe gelassen. Ich war nicht nur ein Arschloch, ich war ein *altes* Arschloch. Ich war zehn Jahre älter als sie. Ich war bereit mich niederzulassen, für ein Haus mit Garten, zwei Kindern und einen verfickten Labrador Retriever. Ich dachte an lauter verrückte Sachen und wollte Dinge, von denen ich im Traum nicht geglaubt habe, sie zu wollen. Aber ich wollte. Ich wollte das verfickte Haus. Ich wollte sie rund und schwanger mit meinem Baby. Ich wollte sogar den verfickten Hund. Aber nur mit ihr.

Leider war sie noch nicht so weit. Emma war erst vierundzwanzig und musste noch ein wenig leben, ehe ein dominantes Höhlenmännchen wie ich ihr Leben übernahm. Wenn sie erst einmal mir gehörte, wollte ich die totale Kontrolle. Ich würde sie ficken, wann ich wollte, sie so verwöhnen, wie ich wollte, sie so oft auf meinem harten Schwanz kommen lassen, dass sie nie wieder einem anderen Mann ansehen würde. Ich würde sie ruinieren und dafür war sie noch nicht bereit. Nicht für das, was ich ihr geben wollte. Ich habe bereits seit einem Jahr gewartet und in ein paar Wochen würde sie mit ihrem Master in Finance abschließen. Yeah, sie kann jederzeit meine Zahlen analysieren.

Sicher, ich habe wie ein verfickter Gentleman gewartet, versucht ihr den Freiraum zu geben, um sich auszutoben. Ich dachte also, ein paar Wochen länger halte ich noch aus.

Das war zumindest der Plan. Aber dann hörte ich im Gang ihre Stimme aus dem Kopierraum und alles änderte sich.

„Ich hasse es, eine Jungfrau zu sein", sagte sie. Ich bezweifelte, dass sie wusste, dass ich sie hören konnte, aber ich freute mich über ihr Geständnis. Wenn noch jemand ihr Geheimnis wüsste, würde ich ihn windelweich prügeln. Niemand spielte mit Emma. Sie war vielleicht Fords Sekretärin, aber sie gehörte mir.

Ich ging nach unserem Donnerstagsmeeting im vierzehnten Stock Richtung Fahrstuhl als ich ihre Stimme erkannte. Es waren aber ihre Worte, die mich dazu brachten, mich an die Wand zu lehnen und zu verstecken. Lauschend. Sie hatte mich zu einem verfickten Lauscher gemacht. Nein, die Tatsache, dass sie gesagt hatte, dass sie noch Jungfrau war, hatte es gemacht.

„Es ist nichts falsch daran, eine Jungfrau zu sein." Ich erkannte die Stimme meiner Sekretärin Tori. Sie war Ende zwanzig, Single und bildschön. Ich hatte ihr gesagt, sie solle mit Ford ausgehen, aber sie hatte nur die Stirn hochgezogen und erklärt, dass sie den Männern abgeschworen hätte. Sie arbeitete seit über einem Jahr für mich und das war alles, was ich über sie wusste. Und dank ihres *leg-dich-nicht-mit-mir-an*-Blicks fragte ich nicht nach Details. Ich hatte nicht die Zeit in ihrem Privatleben herumzuschnüffeln. Wie immer war sie effizient und professionell und ich fand ihre Worte an Emma richtig.

„Ich bin vierundzwanzig, Tori. Ich muss die älteste Jungfrau der Welt sein."

Ich stelle sie mir vor, unberührt, rein. Gott, allein wegen des Gedankens, dass diese Pussy noch nie gefickt worden war, musste ich meinen Schwanz zurechtrücken. Ich sah den Gang entlang, damit niemand sehen konnte, dass mein Schwanz hart war.

„Dann machen ein paar Tage, Wochen, verdammt, Monate auch keinen Unterschied mehr. Glaub mir in diesem Fall." Die Frau hat für diese Antwort eine Gehaltserhöhung verdient.

„Dieser Typ, Jim, ist aus meinem Apartment geflüchtet, als ich ihm gesagt habe, dass ich noch nie Sex hatte. Er hat mich als Einhorn bezeichnet.

Was soll das verdammt noch Mal bedeuten?"

Ich hörte, wie sich die Tür zum Kopierraum öffnete und schloss. Der Kopierer fing an zu kopieren.

„Er war ein Arschloch", antwortete Tori.

Zum Glück war er ein Arschloch. Ich hatte keine Ahnung, wer Jim war, aber er hatte weder meine süße Emma noch ihre unschuldige Pussy verdient.

„Ich sage dir, lass es. Du willst dein erstes Mal nicht mir irgendeinem Typen aus der Bar erleben", sagte Tori.

Welcher Typ, welche Bar. Ich richtete mich auf und lehnte mich näher.

„Ja, aber das Jungfrau-Ding ist mir im Weg. Kein Typ will etwas mit einer Jungfrau anfangen, Tori. Ich bin wie ein Kind, das bei den Erwachsenen mitspielen will. Es ist nur eine Nacht und fertig. Dann kann ich mein erstes Mal abhaken und weitermachen."

Niemand wollte was von ihr? Verdammt, sie war perfekt, so wie sie war. Das-Mädchen-von-nebenan-perfekt und ich hatte befürchtet, dass ich sie verderben würde. Ich war kein guter Typ. Verdammt, ich hatte genug Frauen gehabt, um zu wissen, was sie von mir dachten. Ich war – bisher – der einmal ficken-und-weiter-Typ, aber ich habe auch nie mehr als eine Nacht versprochen und alle haben es vorher gewusst. Ich wollte nur etwas Befriedigung, eine kleine Pause und etwas Vergessen in den willigen Körpern. Ich hatte nie mehr versprochen. Niemals. Hatte nie mehr gewollt. Bis Emma. Und ich wollte ihr alles geben.

„Dann wähle jemanden, mit dem es sich lohnt. Wir beide wissen, wen du wirklich willst."

Ich hörte Emma lachen, aber es klang nicht süß, sondern traurig. „Ja, als ob das je passieren würde. Er weiß doch nicht einmal, dass es mich gibt."

Tori lachte. „Vielleicht solltest du nackt rumlaufen. Er merkt es, glaube mir. Und ich habe gehört, dass er im Bett verdammt gut sein soll."

„Gott, erzähl mir solche Sachen nicht", bat Emma. „Ich kann jetzt schon nicht mehr denken, wenn ich in seiner Nähe bin."

„Ernsthaft Mädel. Warum stylst du dich nicht einmal ein wenig. Zeig ein wenig Dekolleté. Verführ ihn."

„Wirklich? Ich? Du willst mich veräppeln. Ich bin so sexy wie eine Kindergärtnerin." Emma seufzte und ich stellte mir vor, wie sie ihre Arme verschränkte und kannte ihren Gesichtsausdruck. „Hier liegt auch das Problem, Tori. Große, dumme Jungfrau, erinnerst du dich? Er würde keine Zeit an mich verschwenden. Er scheint nicht gerade auf Jungfrauen zu stehen. Und genau deshalb lasse ich mich heute flachlegen."

Heute? Und für wen hatte sich meine Emma entschieden? Von wem zum Teufel sprach sie? War Emma an jemanden interessiert? Ich habe nie etwas von einem Date gehört und Ford hielt alle, die für ihn arbeiteten, im genau Auge. Das Büro war klein genug, um herauszufinden, was sie die meiste Zeit tat. Nur Brad aus der Buchhaltung hatte versucht, sich ihr letztes Thanksgiving zu nähern und ihn hatte ich schnell genug ausgeschaltet. Nach wem zur Hölle sehnte sie sich und warum wusste ich nichts über ihn? Ich war ein eifersüchtiger Arsch, aber ich war egoistisch, verdammt. Ich wollte sie ganz für mich allein haben.

„Ich glaube ein One-Night-Stand mit einem Typen, den du in einer Bar aufgabelst ist eine schlechte Idee."

Gesegnet seien Tori und ihr weiser Rat. Das Problem war, meine Emma hörte nicht zu.

„Pass auf, Tori, es ist ok. Jemand fremdes ist besser. Wenn ich im Bett schlecht bin, brauche ich ihn nie wiederzusehen. Ich will endlich wissen, wie es sich anfühlt einen Mann in mir zu haben. Ich will, dass er verschwitzt, herrisch und so verfickt hart ist, dass er es nicht erwarten kann mich zu ficken. Ich will einen echten Mann. Ich will Haut und Küsse und einen echten Schwanz, nicht Batterie-Bob."

Meine Eier zogen sich bei ihren Worten zusammen. Sie wollte Haut? Küsse? Einen herrischen Mann mit großem Schwanz?

Ich hatte einen Schwanz, den sie die ganze Nacht reiten konnte.

Tori lachte. „Ok, ok. Du bist ein großes Mädchen. Wir treffen uns heute im Frankie's. Sieben Uhr. Wenn du auf einen One-Night-Stand bestehst, werde ich darauf achten, dass du Kondome hast und der Typ kein Serienmörder ist."

„Danke, Tori!" Emma war wirklich aufgeregt. Ich kannte diesen Ton und es war der gleiche wie am Valentinstag, als ihr Blumen geliefert wurden. Zwei Dutzend langstielige rote Rosen von einem heimlichen Verehrer. Mir.

Ford hatte mich persönlich angerufen und gewarnt, mich zurückzuhalten. Nun, das habe ich. Ich hatte versprochen bis zu ihrem Abschluss zu warten, ehe ich auf sie zugehen würde. Aber ihre Pläne für heute Abend änderten alles.

Den einzigen Schwanz, den Emma heute oder in jeder anderen verfickten Nacht in sich haben würde, war meiner.

Als zwei Mitarbeiter aus der Finanzabteilung in meine Richtung kamen, drehte ich mich um und ging ich zurück und flüchtete mich in die Herrentoilette. Emma sollte nicht wissen, dass ich sie belauscht habe und ich brauchte einen Moment, um meinen Schwanz zur Ordnung zu rufen.

Fünfzehn Minuten später saß ich wieder an meinem Schreibtisch und sah zu, wie die sexieste Frau auf dem Planeten mit den getippten Berichten unseres morgendlichen Meetings in mein Büro kam. Ja, ich könnte die verdammten Sachen per E-Mail bekommen, aber mir gefiel es, sie ausgedruckt und geliefert zu bekommen. Ich war alt, verdammt und daran würde sich nichts ändern, vor allem nicht, wenn sie dafür durch meine Bürotür kam.

Emma legte den Bericht auf eine Schreibtischecke und sah mich nicht einmal an. Vielleicht war es auch besser so, wenn man bedenkt, wie ich ihre Kurven mit meinen Blicken verschlang.

„Es ist fünf Uhr, Mr Buchanan. Wenn Sie sonst nichts mehr brauchen, würde ich jetzt Feierabend machen."

Ich schluckte schwer. Brauchen? Ja, ich brauchte etwas, aber ich würde es mir nicht hier nehmen, in meinem Büro, mit ihren Rock über ihren üppigen Hintern hochgezogen und ihrem Kopf auf meinem Schreibtisch.

Zumindest jetzt noch nicht. Das kommt später. Wenn sie wusste, zu wem sie gehörte. Wenn ihr Körper wusste, dass er mir gehörte.

„Das ist in Ordnung, Emma. Treffen Sie sich in der Stadt mit den anderen für ihren gewohnten Donnerstagabend in der Frankie's Bar?" Der Laden war gehoben, teuer und bot exotische Drinks wie Schokoladen-Martinis. Außerdem war er nur zwei Blocks vom Büro entfernt. Also, ja, die

Bar war seit Jahren ein Lieblingsort der Buchanan-Mitarbeiter.

Ihre Wangen wurden rosa und sie biss sich auf die Lippe, aber sie hob auch überrascht den Kopf und begegnete meinem Blick. Ich fühlte diesen strahlenden, unschuldigen Blick bis hinunter zu meinen Zehen.

Ich stellte mir vor, wie sie mit diesen großen, runden Augen einen Fremden in einer Bar beurteilte. Seine Einladung auf ein Getränk annahm. Zustimmte, mit ihm nach Hause zu gehen. Sie würde den verfickten engen Rock ausziehen und ihre Beine um seine Taille schlingen.

Fuck.

Ich musste mich abwenden, aus Angst, sie würde die Wut sehen, die sich in meinem Kopf aufbaute und wie ein Hornissennest brummte. Niemand durfte sie verdammt noch mal berühren. Niemand außer mir.

Nachdem ich bis zehn gezählt hatte, schaute ich wieder auf.

Sie grinste und griff an die Ecke des Notizblocks und der Papiere, die sie vor ihrer Brust hielt. „Ja. Alle treffen sich nach der Arbeit dort. Woher wissen Sie von Frankie's? Ich habe Sie noch nie zuvor dort gesehen."

Ich stand langsam auf, ging um den Schreibtisch herum und blieb direkt vor ihr stehen. Mehr als alles andere wollte ich sie in meine Arme nehmen und ihr verbieten, diese Fleischbörse zu betreten. Ich wusste nur zu gut, dass viele junge, arrogante Ärsche dort darauf warteten, eine weiche, kurvige Jungfrau wie meine Emma zu bekommen. Sie zogen ihre Anzüge an, strichen ihre Haare zurück und warfen hundert Dollarscheine auf die Bar, um die Damen zu beeindrucken und Emma zu beeindrucken.

Ihre Augen wurden größer, als ich

näher kam, aber sie blieb stehen. Da war mein Mädchen. Ich liebte diesen Mumm, dieses verdammte Feuer. Sie wich nie zurück. Nicht einmal in all den Monaten, die sie für die Buchanans gearbeitet hat.

Ich konnte ihr nicht länger widerstehen und legte meine Hand auf ihre Schulter in der Hoffnung, dass ich nicht wie ein Arschloch wirken würde. Sie sah verwirrt auf meine Hand, da war ich sicher, schließlich hatte ich sie auch noch nie vorher berührt, aber die ließ es zu.

Ich wartete geduldig, bis sie ihren Blick zu mir hob. "Mich hat nie jemand eingeladen."

„Was?" Sie sah mich überrascht an. „Wie? Ich meine, Entschuldigung. Ich wusste nicht. Ich... das ist nicht was... ich—"

Sie war so verdammt schön, wenn

sie stotterte und ihre Besorgnis um meine Gefühle war zum niederknien.

Ich lehnte mich vor und gab ihr einen Kuss auf die Wange, ehe ich einen Schritt zurück machte. „Mach dir um mich keine Sorgen, Emma."

Sie schnappte überrascht nach Luft, biss sich dann aber schnell auf die Lippen. Ihre Wange unter meinen Lippen hatte sich warm und weich wie Seide angefühlt. Ich wollte mehr, wollte wissen, ob sie überall so verdammt weich war. Ihren Geruch…

„Nein", antwortete sie. „Ich denke, Sie sollten kommen. Lernen Sie alle besser kennen. Vielleicht haben sie dann weniger A—"

Emma unterbrach sich gerade noch rechtzeitig und ich war vor Lachen meinen Kopf zurück.

„Angst?"

Sie wurde tiefrot und ich hatte das Bedürfnis zu überprüfen, ob ihre

Brüste genauso rot waren wie ihr Gesicht.

„Es tut mir leid." seufzte sie. „Normalerweise bin ich nicht so neben der Rolle. Normalerweise sage ich—"

„Mir nicht die Wahrheit?" unterbrach ich sie.

Sie hob eine Augenbraue, sah mich aber direkt an. „Ich sage Ihnen die Wahrheit, ich erzähle keine Märchen."

„Weil du schlau bist."

Jetzt musste sie lachen „Anscheinend nicht in Ihrer Nähe." Ihr Blick glitt hinab zu meinem Mund, meinen Lippen, nur für einen kurzen Moment, aber ich sah es und wusste, ich würde sie haben. Bald.

Ich drückte ihre Schultern und ließ sie widerstrebend los. „Geh schon, Emma. Es war eine harte Woche. Du solltest gehen, ehe die anderen glauben, ich halte dich gefangen."

Gefangen, unter mir. Über mir. Über meinen Schreibtisch gebeugt.

Es war so, als ob mein Schwanz die Kontrolle über meinen Kopf übernommen hatte.

„Bis morgen." Emma verließ mein Büro ohne noch einmal zurückzublicken, ihre blonden Haare schwangen über ihre Schultern und ihr runder Arsch wog ausladend, während ich wie ein Idiot alleine dort stehenblieb.

Ich wäre ihr fast hinterhergelaufen. Stattdessen ballte ich meine Hände zu Fäusten und erzählte meinem Schwanz, er solle sich verdammt noch mal zusammenreißen. Noch würde nichts laufen.

Erst musste ich Emma davon überzeugen, dass ich der richtige Mann für sie war, der *einzige* Mann.

Es war verdammt noch Mal keine Option, dass Emma ihre Unschuld an irgendeinen Wichser aus der Bar verschenkte. Sie wollte einen Schwanz? Ich hatte einen, den sie gerne benutzen konnte. Aber ich wollte nicht nur einen One-Night-Stand. Ich wollte sie jede Nacht. Ich habe mich zurückgehalten, weil sie so rein war, weil ich sie nicht mit meinen Grundbedürfnissen ruinieren wollte. Und weil ich wusste, dass sie Pläne hatte und gerade ihren Abschluss machte. Ich habe versucht, wie ein gottverdammter Gentleman zu warten, bis sie soweit war.

Damit war es vorbei. Wenn sie bereit war ihren Körper zu vergeben, konnte sie ihn verdammt noch mal mir geben und sonst niemanden. Ich wollte Emma. Ihr Körper gehörte mir. Ihr Lächeln gehörte mir. Ihr sinnlicher Mund war dafür da, von mir gefickt zu werden. Ihre Unschuld gehörte mir. Ich würde sie nicht teilen. Ich konnte nicht danebenstehen und dabei zusehen, wie sie sich an irgendeinen Fremden verschenkte, der sie nur zu gerne fickte, um sie dann zu vergessen.

Sie hatte etwas Besseres verdient und ich würde dafür sorgen, dass sie es bekam.

Für immer. Ja, Emma würde heute Nacht mir gehören. Anschließend würde es keine Zweifel mehr geben, zu wem sie gehörte.

Vorher musste ich sie aber noch davon überzeugen, dass ich nicht nur mit ihr spielen wollte. Ich würde sie zum Essen einladen und die Tür aufhalten, das würde ich tun. Ich würde sie verführen, sie bei jedem Orgasmus schreien lassen und ihre nasse Pussy mit meinem großen, harten Schwanz füllen. Ich würde ihr jeden verfickten Tag Rosen schicken und sie küssen, bis sie keine Luft mehr bekam. Letztendlich würde ich ihr meinen Ring an den

LIPPENBEKENNTNIS

Finger stecken und ihr mein Baby in den Bauch pflanzen. Ich würde auf jede erdenkliche Art und Weise Anspruch auf sie erheben, wie ein Mann Anspruch auf seine Frau erheben kann.

Ich war es leid, mich zurückzuhalten und sie vor meiner Dunkelheit zu schützen. Wenn sie bereit für mehr war, würde ich es ihr geben. Ich. Niemand sonst.

Sie gehörte mir, auch wenn sie es noch nicht wusste.

ÜBER DIE AUTORIN

Jessa James ist an der Ostküste aufgewachsen, leidet aber an Fernweh. Sie hat in sechs verschiedenen Staaten gelebt, viele verschiedene Jobs gehabt und kommt immer wieder zurück zu ihrer ersten großen Liebe – dem Schreiben. Jessa arbeitet als Schriftstellerin in Vollzeit, isst zu viel dunkle Schokolade, ist süchtig nach Eiskaffee und Cheetos und bekommt nie genug von sexy Alphamännchen, die genau wissen, was sie wollen – und keine Angst haben, dies auch zu sagen.

ÜBER DIE AUTORIN

Insta-luvs mit dominanten, Alphamännern liest (und schreibt) sie am liebsten.

HIER für den Newsletter von Jessa anmelden:
http://bit.ly/JessaJames

www.ingramcontent.com/pod-product-compliance
Lightning Source LLC
LaVergne TN
LVHW011805060526
838200LV00053B/3673